文春文庫

秋山久蔵御用控

煤払い

藤井邦夫

文藝春秋

目次

「秋山久蔵御用控」江戸略地図

実際の縮尺とは異なります

日本橋を南に渡り、日本橋通りを進むと京橋に出る。京橋は八丁堀に架かっており、尚も南に新両替町、銀座町と進み、四丁目の角を右手に曲がると外堀の数寄屋河岸に出る。そこに架かっているのが数寄屋橋御門であり、渡ると南町奉行所があった。南町奉行所には〝剃刀久蔵〟と呼ばれ、悪人を震え上がらせる一人の与力がいた……。

秋山久蔵御用控・登場人物

秋山久蔵（あきやまきゅうぞう）

南町奉行所吟味方与力。〝剃刀久蔵〟と称され、悪人たちに恐れられている。何者にも媚びへつらわず、自分のやり方で正義を貫く。「町奉行所の役人は、お奉行の為に働いてるんじゃねえ、江戸八百八町で真面目に暮らしてる庶民の為に働いているんだ。違うかい」（久蔵の言葉）。心形刀流の使い手。普段は温和な人物だが、悪党に対しては、情け無用の冷酷さを秘めている。

弥平次（やへいじ）

柳橋の弥平次。秋山久蔵から手札を貰う岡っ引。柳橋の船宿『笹舟』の主人で、〝柳橋の親分〟と呼ばれる。若い頃は、江戸の裏社会に通じた遊び人。

神崎和馬（かんざきかずま）

南町奉行所定町廻り同心。秋山久蔵の部下。二十歳過ぎの若者。

蛭子市兵衛（えびすいちべえ）

南町奉行所臨時廻り同心。久蔵からその探索能力を高く評価されている人物。妻が下男と逃げてから他人との接触を出来るだけ断っている。凧作りの名人で凧職人として生きていけるほどの腕前。

香織（かおり）

久蔵の後添え。亡き妻・雪乃の腹違いの妹。惨殺された父の仇を、久蔵の力添えで討った過去がある。長男の大助を出産した。

与平、お福（よへい、おふく）

親の代からの秋山家の奉公人。

幸吉（こうきち）
弥平次の下っ引。

寅吉、雲海坊、由松、勇次、伝八、長八（とらきち、うんかいぼう、よしまつ、ゆうじ、でんぱち、ちょうはち）
鋳掛屋の寅吉、托鉢坊主の雲海坊、しゃぼん玉売りの由松、船頭の勇次。弥平次の手先として働くものたち。伝八は江戸でも五本の指に入る、『笹舟』の老練な船頭の親方。長八は手先から外れ、蕎麦屋を営んでいる。

おまき
弥平次の女房。『笹舟』の女将。

お糸（おいと）
弥平次、おまき夫婦の養女。

太市（たいち）
秋山家の若い奉公人。

秋山久蔵御用控

煤払い

第一話
落し物

一

長月——九月。

九日は重陽、菊の節句。長寿を願って菊酒を飲む。

江戸の各所で秋祭りが催され、十五日は神田明神祭、十六日は芝神明祭と続いた。

神田川の流れに紅葉が揺れた。

柳橋《やなぎばし》は、大川に流れ込む神田川に架かっている最後の橋であり、北詰に船宿『笹舟《ささぶね》』があり、南詰には蕎麦屋《そばや》『藪十《やぶじゅう》』があった。

蕎麦屋『藪十』の主の長八《ちょうはち》は、船宿『笹舟』の主で岡っ引の柳橋の弥平次《やへいじ》の手先を長年務め、今も時々手伝っていた。

船宿『笹舟』の船頭勇次《ゆうじ》は、蕎麦屋『藪十』で食べ損ねた昼飯を食べていた。

「親父、勘定だ」

蕎麦を食べ終えた若い侍が、帳場に寄って板場の長八に声を掛けた。

「へい。あられ蕎麦、二十四文です」

長八は、板場から出て来た。

「二十四文か……」

若い侍は、長八に二十四文を払い、戸口に向かった。そして、戸口から外を窺うように見廻し、柳橋に向かった。

「毎度、どうも……」

長八は見送り、若い侍の食べ終えた蕎麦の丼を片付けに向かった。

「ああ、美味かった……」

勇次は、蕎麦を食べ終えて箸を置いた。

「あっ……」

長八は、若い侍の座っていた処に小さな油紙の包みがあるのに気付いた。

「どうしました。長八さん」

勇次は、長八を振り返った。

「今のお侍の落し物だな」

長八は、小さな油紙の包みを持って若い侍を追って外に出た。

勇次は続いた。

長八は、柳橋の袂《たもと》に駆け寄り、辺りを見廻した。

若い侍は、柳橋を渡って神田川沿いの道を浅草御門に向かっていた。

長八は眉をひそめた。

「長八さん、俺が追い掛けましょうか」

勇次は、長八に声を掛けた。

「そうしてくれるか、勇次」

「ええ。じゃあ……」

勇次は、長八から小さな油紙の包みを受け取り、若い侍を追って小走りに柳橋を渡った。

長八は見送った。

若い侍は、浅草御門前に近づいていた。

勇次は追った。

若い侍が浅草御門前を通り過ぎた時、蔵前《くらまえ》の通りから二人の羽織袴《はかま》の武士がやって来て続いた。

勇次は、小さな油紙の包みを持って急いだ。

若い侍は、浅草御門脇の船着場に差し掛かった。

二人の羽織袴の武士が、不意に前を行く若い侍に襲い掛かった。

勇次は驚いた。

二人の羽織袴の武士は、抗《あらが》う若い侍を殴り倒して船着場に連れ込み、待たせてあった猪牙舟《ちょきぶね》に乗せた。

船頭は、二人の羽織袴の武士と若い侍を乗せた猪牙舟を神田川の流れに漕《こ》ぎ出した。

一瞬の出来事だった。

拐《かどわ》かしか……。

勇次は困惑した。

二人の羽織袴の武士と若い侍を乗せた猪牙舟は、神田川を下って大川に向かって行く。

勇次は、慌てて身を翻して猪牙舟を追った。

猪牙舟は浅草御門を潜《くぐ》り、柳橋に差し掛かっていた。

勇次は追った。

猪牙舟は、柳橋を潜って大川に出た。

勇次は、船宿『笹舟』の船着場に駆け降りた。

「どうした、勇次」

船頭の親方の伝八《でんぱち》が、船着場で猪牙舟の淦取《あかと》りをしていた。

「伝八の親方、拐かしかもしれません。今の猪牙を追って下さい」

勇次は、伝八の猪牙舟に乗った。

「おう。合点だ」

伝八は、勇次の乗った猪牙舟を巧みに操り、大川に向かった。


勇次を乗せた伝八の猪牙舟は、神田川から大川に出た。

勇次は、辺りに若い侍と二人の羽織袴の武士を乗せた猪牙舟を探した。

大川には様々な船が行き交い、若い侍と二人の羽織袴の武士を乗せた猪牙舟は何処にも見えなかった。

勇次は焦《あせ》った。

「勇次、どっちだ」

伝八は、野太い声を響かせた。

「吾妻橋《あづまばし》に……」

勇次は、咄嗟《とっさ》に告げた。

「よし……」

伝八は、猪牙舟を浅草吾妻橋に進めた。

勇次は、行く手に若い侍と二人の羽織袴の武士の乗った猪牙舟を探した。


「それで、若い侍と羽織袴の侍たちを乗せた猪牙は見付からなかったのか……」

岡っ引の柳橋の弥平次は、縁起棚に十手を置いて長火鉢の前に座った。

「はい。向島《むこうじま》は木母寺《もくぼじ》、綾瀬川《あやせがわ》迄《まで》探したのですが、何処にも。逆の大川の下流だったのかもしれません」

勇次は悔んだ。

「ま、仕方があるまい。それに御武家同士の揉《も》め事だ。拐かしかどうかも分からないさ」

弥平次は笑った。

「はい。それで親分、こいつが若い侍が長八さんの店に落としていった物なんですが……」

勇次は、小さな油紙の包みを差し出した。

「ほう、何かな……」

弥平次は、油紙で包んで紐で縛ってある小さな包みを手に取り、重さを量った。

小さな油紙の包みは軽かった。

「軽いな……」

「はい。何が入っているんですかね」

勇次は首を捻《ひね》った。

「開けてみるか……」

弥平次は、小さな油紙の包みを縛ってある紐を解いた。そして、油紙を慎重に開けた。

中には小さな漆《うるし》塗りの棗《なつめ》が入っていた。

「茶之湯の棗だな……」

弥平次は、棗の蓋《ふた》を開けた。

棗の中には、薄茶色の粉が入っていた。

「抹茶じゃあないな……」

弥平次は、臭いを嗅《か》いで眉をひそめた。

「はい。嘗《な》めてみましょうか……」

勇次は、小指の先を棗の粉に伸ばした。

「止めておけ……」

弥平次は、棗の蓋を閉めた。

「親分……」

勇次は戸惑った。

「鳥頭《うず》の毒の粉に似ている」

弥平次は、厳しさを過《よ》ぎらせた。

「えっ……」

勇次は、怯《おび》えを滲《にじ》ませて小指を握り締めた。

〝鳥頭〟とは、金鳳花《きんぽうげ》科の鳥兜《とりかぶと》の花の塊根《かいこん》を乾かしたものを称し、猛毒である。

「よし。医学館で見定めて貰おう」

弥平次は、棗を油紙で包み直した。

医学館は漢方医術を教える公儀の官医養成学校であり、柳橋から近い神田佐久間町にあった。

弥平次と勇次は、油紙で包んだ棗を持って神田佐久間町の医学館に急いだ。

永代橋《えいたいばし》は大川に架かり、日本橋箱崎《はこざき》と深川を結んでいた。

南町奉行所定町廻り《じょうまちまわ》同心の神崎和馬《かんざきかずま》と下っ引の幸吉《こうきち》は、永代橋の船番所の船着場に佇《たたず》んで永代橋の橋脚に引っ掛かっている死体の収容を見守っていた。

船番所の役人たちは、死体を船に引き上げて船着場に戻って来た。

死体は若い侍だった。

和馬と幸吉は、船番所の船着場の端で若い侍の死体を検《あらた》めた。

「土左衛門《どざえもん》じゃありませんね」

幸吉は、若い侍が溺れ死んで膨れあがっていないのに気が付いた。

「うん。袈裟懸《けさが》けの一太刀だ……」

和馬は、若い侍の胸の刀傷の痕《あと》を示した。

若い侍は、胸から腹に袈裟懸けに斬られて死んでいた。

「ええ……」

幸吉は頷《うなず》き、若い侍の持ち物を調べた。

懐紙、財布、手拭い……。

財布には、一朱金が二枚と数枚の文銭が入っているだけで身許を告げるものはなかった。

「身許、分かりませんね」

幸吉は眉をひそめた。

「うん。上流の何処かで斬り殺され、大川に棄《す》てられたか……」

和馬は読んだ。

「きっと……」

幸吉は頷いた。

「さあて、何処で何故に殺されたか……」

和馬は、西日に照らされる大川の流れを眩《まぶ》しげに眺めた。


南町奉行所は夕陽を背に受け、黒い影になっていた。

南町奉行所吟味方与力《ぎんみがたよりき》の秋山久蔵《あきやまきゅうぞう》は、用部屋の濡縁《ぬれえん》に座って棗の蓋を取った。

「烏頭か……」

久蔵は、棗に入っている薄茶色の粉を見詰めた。

「はい。医学館のお医者に見定めて貰って来ました」

弥平次は、勇次を伴って用部屋の庭先に控えていた。

「うむ。して勇次、この烏頭を持っていたのは若い侍だったのだな」

「はい。歳の頃は二十三、四ですか、月代《さかやき》を綺麗に剃《そ》り上げ、袴姿でした」

勇次は、長八の店に烏頭を置き忘れた若い侍を思い浮かべた。

「若党のようだな……」

久蔵は睨《にら》んだ。

「はい……」

勇次は頷いた。

〝若党〟とは、旗本家などの武家奉公人の軽輩《けいはい》を指した。

「で、浅草御門近くで二人の羽織袴の武士に連れ去られたか……」

「はい」

「二人の羽織袴の武士は、この烏頭が狙いで若い侍を連れ去ったのかもしれないな」

久蔵は読んだ。

「あっしもそう思います」

弥平次は頷いた。

「うむ……」

若い侍は、猛毒の烏頭をどうするつもりだったのか……。

久蔵は、棗に入れられた烏頭を見詰めた。

「秋山さま……」

和馬が廊下をやって来た。

「やあ。親分、勇次……」

和馬は、弥平次と勇次に笑い掛けた。

弥平次と勇次は会釈《えしゃく》をした。

「どうした」

「はい。永代橋に仏があがりました」

和馬は、廊下に座って報せた。

「土左衛門か……」

「いえ。そいつが袈裟懸けに斬られてから大川に放り込まれたようでして……」

「殺しか……」

久蔵は眉をひそめた。

「はい」

「して身許は……」

「そいつが、分かるような物は何も持っていませんでして。今、幸吉が絵師を呼んで仏さんの似顔絵を作る手配りをしています」

「どんな仏なんだ」

「袴を着けた若い侍でしてね。月代も剃り上げていて、浪人じゃあないと思いますよ」

和馬は首を捻った。

「お、親分……」

勇次は、永代橋にあがった仏が鳥頭を忘れて連れ去られた若い侍だと思った。

「うん……」

弥平次は頷き、久蔵を窺った。

「和馬、その仏、未だ永代橋の船番所だな」

久蔵は、厳しさを滲ませた。

「はい。仏が何か……」

和馬は戸惑った。

「勇次、仏の顔を拝んで来るんだな」

久蔵は命じた。


日は暮れた。

和馬は、弥平次や勇次と共に永代橋の船番所に急いだ。

弥平次と勇次は、永代橋の船番所迄の間に和馬に若い侍と烏頭の事を報せた。

「成る程、藪十に烏頭を残し、連れ去られた若い侍か……」

「ええ……」

「確かに永代橋の仏かもしれないな」

和馬は、久蔵の厳しさを思い出して足を速めた。


幾つもの燭台の明かりが、死体の顔を照らしていた。

死体は船番所に安置され、幸吉の立ち会いで絵師が似顔絵を描いていた。

幸吉は、和馬が弥平次や勇次と戻って来たのに戸惑った。

弥平次は、幸吉に手短に事情を話した。

「勇次、仏の顔を検めろ」

和馬は、勇次に命じた。

「はい……」

勇次は、燭台の明かりに照らされた死体の顔を覗《のぞ》き込んだ。

死体は、烏頭を残して二人の羽織袴の武士に連れ去られた若い侍だった。

「どうだ……」

和馬は眉をひそめた。

「間違いありません」

勇次は見定めた。

「そうか……」

「和馬の旦那、でしたら殺したのは……」

弥平次は眉をひそめた。

「連れ去った羽織袴の二人の武士に違いあるまい」

和馬は睨んだ。

「はい……」

弥平次は頷いた。

「勇次、羽織袴の二人の武士ってのは、どんな奴らだ」

幸吉は尋ねた。

「そいつが、取り立てて変わっている訳でもなく、大名旗本の家来だと思いますが……」

「そうか……」

「幸吉、この仏も、おそらく旗本家の若党だろうな」

和馬は読んだ。

「でしたら、扱いは町奉行所じゃあなくてお目付。どうします」

幸吉は眉をひそめた。

「この一件、もし烏頭が絡んでいるとなると、只の殺しじゃあない。下手をすりゃあ、町方の者にも拘《かかわ》るって処だ」

和馬は、厳しさを過ぎらせた。

「成る程、その時の為に先手を打ちますか……」

弥平次は、小さな笑みを浮かべた。

若い侍の似顔絵が出来上がった。

和馬と幸吉は、似顔絵を持って武家地の辻番所を廻り、若い侍の身許を突き止める事にした。

辻番所とは、大名旗本が武家地の辻々に自警の為に設けている番所である。

弥平次と勇次は、薬種屋を廻って鳥頭の出処と買った者を割り出す事にした。

棗一杯の鳥頭は、相当の人数を殺せる量だ。

殺された若い侍は、おそらく何者かに命じられて鳥頭を持ち歩いていた。そして、二人の羽織袴の武士は、鳥頭を奪い取るのが狙いで若い侍を連れ去り、持っていないと知って殺した……。

久蔵は読んだ。

もし、若い侍が旗本家の若党ならば、主に命じられて鳥頭を持ち歩いていた筈だ。だとしたなら、旗本家が鳥頭を必要としていた理由は何なのだ。

誰かに鳥頭の毒を盛り、揉め事でも闇に葬る為なのか……。

久蔵は読み続けた。

旗本家の揉め事……。

「よし……」

久蔵は、目付の榊原采女正《さかきばらうねめのしょう》を訪れる事にした。

若い侍は、蕎麦屋『藪十』で蕎麦を食べて柳橋を北に渡り、神田川沿いの道を浅草御門に進んだ。

もし、それが奉公先に帰る道筋だったなら、屋敷は浅草三味線堀《しゃみせんぼり》から下谷《したや》に掛けてにある。

和馬と幸吉は睨み、若い侍の似顔絵を持って三味線堀界隈《かいわい》の辻番所を廻り始めた。だが、似顔絵の若い侍を知る者と容易に出逢う事はなかった。

若い侍は、棗一杯の烏頭を持って両国広小路の外れ、柳橋の南詰にある蕎麦屋『藪十』で蕎麦を食べて神田川を北に渡った。

もし、烏頭を買っての帰り道なら、売った薬種屋は両国広小路から浜町《はまちょう》、内神田、日本橋の北にある筈だ。だが、内神田にある薬種屋なら、わざわざ柳橋を渡って浅草御門に向かわず、新シ橋《あたらばし》か和泉橋《いずみばし》を渡る方が都合が良い。となると、若い侍が烏頭を買った薬種屋は両国広小路から浜町、日本橋の北にある。

弥平次と勇次はそう読み、両国広小路にある薬種屋から聞き込みを開始した。

秋風は榊原屋敷の書院を吹き抜けた。

久蔵は、書院で目付の榊原采女正が来るのを待っていた。

「待たせたな。申し訳ない」

榊原は、詫びながら書院に入って来た。

「いえ。私こそ急な訪問、お許し下さい」

「いや。して、何用かな……」

「今日、旗本の若党らしき者が何者かに殺されましてね」

「旗本の若党らしき者……」

「ええ。で、その若党、烏頭の入った茶之湯の棗を持っていた」

「烏頭の入った棗……」

榊原は眉をひそめた。

「はい。おそらく若党は、主の旗本に命じられて烏頭を持っていた筈。となると……」

「烏頭が秘かに必要な旗本。つまり、何か揉め事を抱えている旗本か……」

榊原は苦笑した。

「もし、御存知なら教えて戴《いただ》きたい……」

久蔵は微笑《ほほえ》んだ。

秋風が吹き抜け、久蔵の鬢《びん》の解れ髪《ほつ》を揺らした。

二

蕎麦屋『藪十』は、昼飯時も過ぎて客は途絶えた。

托鉢坊主《たくはつぼうず》の雲海坊《うんかいぼう》は、板場の隅で蕎麦を食べていた。

「へえ、あの若い侍、殺されたのかい……」

長八は眉をひそめた。

「ええ。で、そいつが此処に忘れていった油紙の包み、何が入っていたと思いますか……」

「さあな、何が入っていたんだい」

「鳥頭だそうですよ」

「鳥頭……」

長八は驚いた。

「あの、御免下さい」

店の戸口で女の声がした。

「はい……」

長八は、店に出て行った。

雲海坊は、蕎麦を食べ続けた。


「いらっしゃいませ……」

長八は、店の戸口を見た。

質素な形《なり》をした若い女が、戸口に佇んでいた。

「あの、御主人ですか……」

「はい……」

長八は頷いた。

「昨日、若いお侍がこちらに立ち寄りませんでしたか……」

若い女は、遠慮がちに尋ねた。

「若いお侍……」

長八は戸惑った。

「はい」

「若いお侍のお客、浪人さんですか……」

「いいえ。御旗本の御家来衆なんですが……」

「何かこれと云った目印は……」

「目印と申しましても。昨日、使いに出掛けたまま戻らず、柳橋の袂の藪十の蕎麦が美味しいと云っていたのを思い出しまして、それでもしかしたら……」

「寄ったと思いましたか……」

長八は読んだ。

烏頭を忘れて行き、殺された若い侍……。

長八は、若い女が捜している相手が誰か気が付いた。

「はい……」

「確かに云っているような若いお侍は来ましたが、あられ蕎麦を食べ、柳橋を渡って行きましたよ」

長八は、若い侍が烏頭を忘れ、殺された事を内緒にした。

「柳橋を……」

若い女は眉をひそめた。

「ええ……」

「そうですか……」

若い女は肩を落とした。

「あの、あの若いお侍はどちらの御家中……」

「御造作をお掛けしました」

若い女は、遮るように長八に頭を下げて店から出て行った。

「雲海坊……」

長八は、板場に戻った。


「話は聞きましたぜ」

雲海坊は、日焼けした饅頭笠《まんじゆうがさ》を被っていた。

「うん。行き先を突き止めれば、若い侍の素性が分かるかもな」

「ええ。じゃあ……」

雲海坊は、若い女を追って蕎麦屋『藪十』から出て行った。

神田川沿い左衛門《さえもん》河岸《がし》を北に進んだ処に肥前《ひぜん》国平戸《ひらど》藩江戸上屋敷があり、斜向かいに出羽《でわ》国久保田藩江戸中屋敷がある。そして、その間の通りに辻番所があった。

和馬と幸吉は訪れ、辻番所の番士たちに若い侍の似顔絵を見せた。

「この顔に見覚えないかな……」

和馬は訊《き》いた。

「この顔ねえ……」

番士は、若い侍の似顔絵を眺めた。

「どうかな……」

和馬は、番士の返事を待った。

「う、うん。おい、この顔、前田《まえだ》さまの御屋敷に奉公している真山《まやま》じゃあないかな」

番士は、朋輩《ほうばい》の番士に若い侍の似顔絵を見せた。

「真山……」

朋輩の番士は、若い侍の似顔絵を見た。

「なっ、似ているだろう」

「ああ。何となく似ているな」

朋輩の番士は頷いた。

「前田さまの屋敷に奉公している真山……」

和馬は身を乗り出した。

「うん。此の先の鳥越川《とりごえがわ》に架かっている甚内橋《じんないばし》の袂に旗本の前田左京《さきよう》さまの屋敷があって、そこに奉公している真山慶次郎《けいじろう》って若党に似ていますよ」

番士は、若い侍の似顔絵を和馬に返した。

「旗本の前田左京さまの屋敷に奉公している真山慶次郎……」

和馬は眉をひそめた。

「和馬の旦那……」

漸《ようや》く辿り着いたのかもしれない……。

幸吉は、和馬に目顔で告げた。

「うん。行ってみるか……」

和馬と幸吉は、辻番所の番士に礼を云って鳥越川に架かっている甚内橋に急いだ。

鳥越川は三味線堀から続き、蔵前の通りの手前で新堀川《しんぼりがわ》と合流して浅草御蔵《あさくさおくら》脇から大川に流れ込んでいた。

甚内橋は、その鳥越川に架かっている。

「この屋敷だな……」

和馬と幸吉は、甚内橋の袂にある前田屋敷の閉じられた表門を見上げた。

「前田左京さま、どんな旗本なんですかね」

幸吉は、前田屋敷を窺った。

「うん。とにかく、殺された若い侍が前田家の若党の真山慶次郎かどうかだ」

「訊いてみますか……」

「うん。ま、訊いてみるにしても烏頭の事は内緒だ」

「そりゃあもう……」

烏頭を下手に持ち出せば、警戒されて口を貝のように閉じ、何も訊けなくなるかもしれない。

和馬と幸吉は、旗本前田家の屋敷の表門脇の潜り戸を叩いた。

「どちらさまですか……」

中間《ちゅうげん》が、覗き窓に顔を見せた。

「南町奉行所の者だが、ちょいと訊きたい事があってな。潜り戸を開けて貰おうか」

「は、はい……」

中間は潜り戸を開け、戸惑った面持ちで出て来た。

「この顔、若党の真山慶次郎さんだね」

和馬は、若い侍の似顔絵を中間に見せた。

「えっ……」

中間は、眉をひそめて似顔絵を見詰めた。

「どうだ、真山慶次郎だろう」

和馬は押した。

「は、はい……」

中間は頷いた。

「和馬の旦那……」

似顔絵の若い侍は、前田家に奉公している若党の真山慶次郎なのだ。

幸吉は見定めた。

「うん……」

和馬は頷いた。

「お役人さま、真山慶次郎さん、どうかしたんですか……」

中間は、怪訝《けげん》な面持ちで和馬に尋ねた。

「大川に仏であがったよ」

和馬は告げた。

「仏……」

中間は驚いた。

「ああ。御用人がいたら、若党の真山慶次郎が殺されたので、ちょいと訊きたい事があると伝えてくれ」

和馬は笑みを浮かべた。

「は、はい。只今……」

中間は、慌てて報せに走った。


両国米沢町《よねざわちょう》から薬研堀《やげんぼり》埋立地、そして横山町から橘町《たちばなちょう》にある薬種屋で若い侍に烏頭を売った店はなかった。

弥平次と勇次は、浜町堀を渡って元浜町の薬種屋『霊峰堂《れいほうどう》』を訪れた。

番頭の藤兵衛《とうべえ》は、帳場から框《かまち》にいる弥平次と勇次の許にやって来た。

「番頭の藤兵衛にございますが、何か……」

「手前はお上の御用を承っている柳橋の弥平次、こっちは勇次と申します」

弥平次は、懐の十手を僅かに見せて勇次を引き合わせた。

「これはこれは。それで、柳橋の親分さんが何か……」

藤兵衛は、弥平次が岡っ引と知り、怯えと煩《わずら》わしさの入り混じった眼を向けた。

何だ……。

弥平次は気が付いた。

藤兵衛は、怯えと煩わしさの入り混じった眼を作り笑いで隠した。

何かある……。

弥平次の勘が囁《ささや》いた。

「こちらで、若いお侍さんにかなりの量の烏頭を売りましたね」

弥平次は、いきなり鎌を掛けた。

「えっ……」

番頭の藤兵衛は、微かに狼狽《うろた》えた。

「売ったね……」

弥平次は、藤兵衛を見据えて念を押した。

「いいえ、存じません。手前共は昨日、烏頭を売ってなどおりません」

藤兵衛は、喉《のど》を引き攣《つ》らせて否定した。

「昨日、売っちゃあいない……」

弥平次は眉をひそめた。

「はい。烏頭は猛毒、売った時は帳簿に付けてあります。少々、お待ち下さい」

藤兵衛は帳場に戻り、薄い帳簿を持って来て開いた。

「これが、烏頭や石見銀山《いわみぎんざん》などの毒薬の仕入れ先と売った相手の名前と日付、量などを書き記した帳簿ですが、昨日は……」

藤兵衛は、弥平次に帳簿を開いて見せた。

「検めさせて戴きますよ」

「どうぞ……」

藤兵衛は頷いた。

弥平次は、帳簿を見た。

帳簿には、五日前の日付で石見銀山十匁《もんめ》を米屋に売ったと書き記された後、白紙の状態になっていた。

「五日前に石見銀山を売ったきり、烏頭も売っちゃあいませんか……」

弥平次は、帳簿を読んだ。

「はい。親分さんの御覧の通りです」

藤兵衛は、微かな緊張を滲ませて弥平次を見詰めた。

「良く分かりました」

弥平次は笑みを浮かべた。

「そうですか……」

藤兵衛は、微かな安堵《あんど》を過ぎらせた。

「いや。お邪魔をしましたね。じゃあ……」

弥平次は、藤兵衛に礼を述べ、勇次を促して薬種屋『霊峰堂』を出た。


「親分……」

勇次は眉をひそめた。

「うん。昨日、烏頭を売ったかと訊いちゃあいないのに、昨日は売っちゃあいないと云い出したな」

弥平次は苦笑した。

「はい。拙《まず》い事は帳簿には書いちゃあいないんです。番頭の藤兵衛、嘘をついていますよ」

勇次は睨んだ。

「うん。番頭の藤兵衛、ちょいと見張ってみるか……」

「はい」

勇次は頷いた。

浜町堀に荷船の櫓《ろ》の軋《きし》みが響いた。


前田家は三千五百石取りの旗本であり、五、六十人程の家来と奉公人がいる。

だが、前田屋敷内に人の話し声はなく、人の気配も余り感じられなかった。

和馬は、式台脇の使者の間に通され、前田家用人相沢九郎兵衛《あいざわくろべえ》と逢った。

和馬は、相沢に真山慶次郎が斬殺《ざんさつ》死体で大川からあがった事を告げた。

相沢は驚き、家来の小坂祐之進《こさかゆうのしん》に死体の引き取りを命じた。

小坂は中間たちを従え、幸吉の案内で永代橋船番所に真山の死体の引き取りに走った。

「して神崎どの、真山は誰に何故、殺されたのですか……」

相沢は眉をひそめた。

「相沢どの、真山慶次郎どのは喧嘩《けんか》や物盗りに殺された訳じゃあないのは確かです」

「ならば、遺恨……」

「心当たりありますか……」

和馬は、相沢を窺った。

「いや。心当たりなどあろう筈がない」

相沢は、和馬を見返した。

「じゃあ相沢どの、真山慶次郎どのはどのような人柄でした……」

和馬は尋ねた。

「さあて……」

相沢は、和馬に冷たい眼を向けた。

「えっ……」

和馬は、戸惑いを覚えた。

「神崎どの、いろいろとお世話になりました。前田家は直参《じきさん》旗本。後の始末は我らがやります。支配違いの町奉行所は、此でお引き取り下さい」

相沢は、薄笑いを浮かべて和馬に告げた。

和馬は、相沢の薄笑いに町奉行所への侮《あなど》りを見て取った。

そう出るなら、こっちにも考えがある……。

「そうですか。ならばこれにて……」

和馬は、刀を手にして立ち上がった。

「そうだ、相沢どの。殺された真山どの、妙な物を持っていましてね」

和馬は振り返り、座っている相沢を見下ろして告げた。

「妙な物……」

相沢は困惑した。

「ま、その妙な物の出処によっては、我々南町奉行所が探索を続ける事になります」

「神崎どの、真山の持っていた妙な物とは何ですか……」

相沢は焦った。

「そいつは、何《いず》れ又……」

和馬は言葉を濁し、嘲《あざけ》りを浮かべて使者の間を後にした。

和馬は、中間に見送られて前田屋敷の表門脇の潜り戸を出た。

羽織袴の二人の武士がやって来た。

「お帰りなさいませ」

見送りの中間が、頭を下げて羽織袴の二人の武士を迎えた。

羽織袴の二人の武士は、迎えた中間を無視し、和馬を胡散臭《うさんくさ》そうに一瞥《いちべつ》して潜り戸から前田屋敷に入って行った。

「偉そうにしやがって……」

中間は吐き棄てた。

「何て方々だい」

和馬は、羽織袴の二人の武士を見送った。

「背の高いのが水野《みずの》、肥ったのが伊東《いとう》。殿さまの叔父上さまの腰巾着《こしぎんちゃく》ですよ」

「殿さまの叔父上さまの腰巾着か……」

和馬は眉をひそめた。

「ええ。それじゃあ……」

中間は、和馬に一礼して潜り戸を閉めた。

和馬は、前田屋敷を見上げた。

甚内橋から読経《どきょう》が聞こえた。

和馬は、甚内橋の袂を見た。

甚内橋の袂で経を読んでいた托鉢坊主が、日焼けした饅頭笠をあげて顔を見せた。

　雲海坊だった。

　和馬は苦笑した。

「どうした」

「藪十で油を売っていたら、若い女が昨日殺された若い侍を捜しに来ましてね。尾行《つけ》て来たら此の前田屋敷に……」

　雲海坊は、若い女が旗本屋敷に入るのを見届け、近所に聞き込んだ。そして、若い女が入った旗本屋敷が、三千五百石取りの前田左京の屋敷だと知った。

「若い女か……」

　和馬は眉をひそめた。

「ええ。前田家の奉公人のようです。で、和馬の旦那、殺された若い侍は……」

「うん。前田家の真山慶次郎って若党だった」

「若党の真山慶次郎ですか……」

「うん……」

「前田家、いろいろありそうですね」

　雲海坊は、皮肉っぽい笑みを浮かべて前田屋敷を眺めた。

「ああ。前田家には殿さまの叔父上ってのがいるらしい。その辺をちょいと調べてくれないかな」

「承知……」

雲海坊は頷いた。

夕陽は鳥越川に映え、流れに揺れた。

八丁堀岡崎町《おかざきちょう》秋山屋敷は、日暮れと共に表門を閉めた。

明かりが灯された座敷には、久蔵、弥平次、和馬がいた。

「若い侍、元鳥越の旗本、前田家の若党の真山慶次郎か……」

久蔵は、和馬の報告を聞いた。

「はい。で、前田家の奉公人の若い女が真山を捜していたそうです」

「奉公人の若い女……」

久蔵は眉をひそめた。

「ええ……」

「前田家、何かありますね」

弥平次は、厳しさを過ぎらせた。

「うん。で、今、雲海坊がいろいろ聞き込みを掛けています」

「そうか。して、柳橋の。烏頭の出処、突き止めたか……」

「はっきりはしませんが、元浜町の霊峰堂って薬種屋の藤兵衛って番頭が何か知っているようでしてね。勇次が見張っています」

「となると、旗本前田家の若党真山慶次郎は、何者かの指図で元浜町の薬種屋霊峰堂に行き、棗一杯の烏頭を手に入れ、帰りに長八の藪十で蕎麦を食べたか……」

久蔵は読んだ。

「真山慶次郎に烏頭を手に入れろと指図したのは、前田屋敷の者なんでしょうね」

「そいつは間違いあるまい……」

「どう云う家なのか、前田家は……」

和馬は呆《あき》れた。

「うむ。目付の榊原さまの話じゃあ、前田家の殿さま左京は、父親の主膳《しゅぜん》が去年急な病で死んだので、慌てて元服して家督を継いだ十歳の子供だそうだ」

久蔵は苦笑した。

「それで、叔父上さまか……」

和馬は、前田家の中間の話を思い出した。

「ああ。前田家には行部《ぎょうぶ》って殿さま左京の叔父、死んだ父親の弟がいてな。左京の母親と何かと反《そ》りが合わないそうだ。榊原さまの睨みじゃあ、今、家中で揉め事のありそうな旗本となると、前田家もその一つだそうだ」

「叔父と母親ですか……」

和馬は眉をひそめた。

「ま、事が旗本家の御家騒動となれば、我々の出る幕はねえが、何が起こるか分かりゃあしねえ。今暫《しばら》く見物させて貰うぜ」

久蔵は、芝居でも見るように笑った。

三

旗本前田屋敷は、若党真山慶次郎の弔いを早々に済ませた。

若党の真山慶次郎に烏頭を用意させたのは、当主左京の母親なのか、それとも叔父の前田行部なのか……。

和馬と弥平次は相談し、幸吉と雲海坊に前田屋敷を見張らせ、内情を探らせた。

そして、勇次と由松《よしまつ》に薬種屋『霊峰堂』の番頭藤兵衛を見張らせた。

勇次は、汐見橋《しおみばし》の船着場に猪牙舟を繋《つな》いで見張りに就《つ》いた。


旗本前田家当主左京の母親、前の当主主膳の後室はお志麻《しま》の方と云い、義弟である前田行部と犬猿の仲だった。

幸吉と雲海坊は、前田屋敷の渡り中間に金を握らせ、家中の様子を聞き出していた。

「じゃあ、前田家家中は御母堂さま派と叔父の前田行部派に分れているのかい」

幸吉は、渡り中間に尋ねた。

「ま、はっきりしねえが、そんな風だな」

「用人の相沢九郎兵衛はどっちだい」

「ありゃあ、その時任せの弥次郎兵衛《やじろべえ》だ」

渡り中間は、相沢を嘲笑《あざわら》った。

弥次郎兵衛とは、左右に揺れながらも釣合を取って倒れない玩具《おもちゃ》であり、渡り中間は用人の相沢九郎兵衛のどっち付かずの小狡《こずる》い世渡り上手振りを笑ったのだ。

「じゃあ、殺された若党の真山慶次郎はどっち派かな」

「真山は御母堂派かな……」

渡り中間は、渡された金を握り締めて首を捻った。

「御母堂派か……」

真山慶次郎が御母堂派ならば、棗一杯の烏頭を用意させたのはお志麻の方なのかもしれない。

幸吉は読んだ。

「で、真山慶次郎と親しかった若い女の奉公人はいなかったかな」

雲海坊は訊いた。

「真山と親しい若い女の奉公人……」

渡り中間は眉をひそめた。

「歳の頃は二十歳前後、おそらく御母堂派だと思うが……」

雲海坊は食い下がった。

「女の奉公人の殆《ほとん》どは御母堂派だよ」

渡り中間は、真山慶次郎を捜していた若い女の奉公人を知らなかった。

雲海坊は、表門を幸吉に任せ、若い女が出入りしている裏門を見張る事にした。

陽は大きく西に傾いた。

幸吉は、前田屋敷を見張り続けていた。

御母堂のお志麻の方や叔父の前田行部が出掛ける様子はなく、屋敷内に異変が起きた気配も窺えなかった。

幸吉は見張った。

二人の羽織袴の武士が、前田屋敷から出て来て甚内橋の船着場に降りた。そして、待っていた猪牙舟に乗り、船頭に何事かを告げた。

船頭は、二人の羽織袴の武士を猪牙舟に乗せて鳥越川を大川に向かった。

幸吉は見送った。


薬種屋『霊峰堂』は繁盛していた。

由松と勇次は、浜町堀に架かっている汐見橋の袂から薬種屋『霊峰堂』を見張った。

「番頭の藤兵衛。鳥頭を何処の誰に売ったのか、隠していやがるのか……」

由松は眉をひそめた。

「ええ。狡猾《こうかつ》で強《したた》かな野郎ですよ」
勇次は、腹立たしげに吐き棄てた。
日が暮れ、薬種屋『霊峰堂』は大戸を閉めた。
半刻《はんとき》が過ぎた頃、番頭の藤兵衛が大戸の潜り戸から出て来た。
藤兵衛は提灯《ちょうちん》を手にし、浜町堀沿いの夜道を大川に向かった。
家に帰る……。
通いの番頭である藤兵衛は、浜町堀沿いの高砂町《たかさごちょう》に家があった。
由松と勇次は、浜町堀を間にして提灯を持った藤兵衛を追った。
藤兵衛は、千鳥橋《ちどりばし》に差し掛かった。
二人の羽織袴の武士が、千鳥橋の下の船着場から藤兵衛の前に現れた。
藤兵衛は驚き、提灯を大きく揺らした。
二人の羽織袴の武士は、藤兵衛を捕まえて船着場に引き摺《ず》り降ろした。
道に落ちた提灯が燃え上がった。
「勇次……」
由松は焦った。
勇次は、真山慶次郎が二人の羽織袴の武士に襲われた時を思い出し、汐見橋の袂に駆け戻った。

二人の羽織袴の武士は、抗う藤兵衛を無理矢理に猪牙舟に乗せた。

船頭は、二人の羽織袴の武士と藤兵衛を乗せた猪牙舟を大川に進めた。

由松は、猪牙舟を追って浜町堀沿いの道を走った。

「由松の兄貴……」

勇次の操る猪牙舟が、浜町堀を追って来た。

「おう……」

由松は、勇次の操る猪牙舟に飛び乗った。

勇次は、由松を乗せた猪牙舟を操り、二人の羽織袴の武士と藤兵衛を乗せた猪牙舟を追った。

「猪牙を仕度してあって良かったな」

「ええ。真山慶次郎、猪牙舟で連れ去られましたから、ひょっとしたらと思って……」

勇次は、浜町堀を大川に向かう猪牙舟の船行燈《ふなあんどん》を追った。

猪牙舟は栄橋、高砂橋、小川橋を潜って進んだ。

大川は近い……。

「兄貴、大川に出ると面倒です。藤兵衛を助けるなら……」

「浜町堀か……」

由松は、勇次の言葉の先を読んだ。

「ええ……」

勇次は頷いた。

「良い手はあるか……」

「猪牙を体当たりさせて揺らします」

「よし、猪牙が揺れて奴らが慌てた時、俺が向こうに飛び移り、藤兵衛を連れて逃げるか……」

「そいつも良いかもしれませんね」

由松と勇次は、藤兵衛が真山慶次郎のように殺されるのを何とか防ごうとした。

二人の羽織袴の武士と藤兵衛を乗せた猪牙舟は、組合橋に差し掛かった。残る川口橋を潜ると大川の三ツ俣《みまた》だ。

「行きますぜ」

勇次は囁いた。

「おう……」

由松は、喉を鳴らして身構えた。

勇次は、猪牙舟の船足を一気にあげて、二人の羽織袴の武士と藤兵衛の乗った猪牙舟に迫った。

二人の羽織袴の武士と藤兵衛を乗せた猪牙舟の船頭は、背後から迫る勇次の猪牙舟に気が付いて驚いた。

刹那《せつな》、勇次は猪牙舟を体当たりさせた。

二人の羽織袴の武士と藤兵衛を乗せた猪牙舟は、激しく揺れた。

由松は、大きくよろめいた船頭を浜町堀に引き摺り落として飛び移った。

「下郎、何をする」

羽織袴の武士の一人が、立ち上がって刀を抜こうとした。

勇次は、再び猪牙舟を体当たりさせた。

猪牙舟は大きく揺れ、羽織袴の武士はよろめき浜町堀に落ちた。

水飛沫《みずしぶき》があがった。

由松は、這《は》い蹲《つくば》って怯えている藤兵衛を庇《かば》って竿《さお》を槍のように構えた。

「お、おのれ……」

残る羽織袴の武士は、狼狽えながら刀を抜いた。
勇次は、猪牙舟を三度体当たりさせた。
残る羽織袴の武士は、思わずしゃがみ込んで揺れる猪牙舟の船縁《ふなべり》を摑《つか》んだ。
由松は、しゃがみ込んだ羽織袴の武士の鼻を竿で鋭く突いた。
残る羽織袴の武士は、潰《つぶ》された鼻から血を流して蹲《うずくま》った。
勇次は、猪牙舟の船縁を寄せた。
由松は、藤兵衛を促して勇次の猪牙舟に素早く乗り移った。
勇次は、由松と藤兵衛の乗り移ったのを見定め、猪牙舟の船足を一気にあげた。
船頭を失っている猪牙舟は、浜町堀の緩やかな流れに漂っていた。
上手くいった……。
番頭の藤兵衛は、猪牙舟の船底に這い蹲って息を激しく鳴らしていた。
「兄貴……」
「南茅場町《みなみかやばちょう》の大番屋だ」
由松は告げた。
「承知……」
勇次は、猪牙舟を一気に進めて川口橋を潜り、大川に出た。

由松と勇次は、薬種屋『霊峰堂』番頭の藤兵衛を大番屋の仮牢に入れた。

「ど、どうして手前が牢に……」

藤兵衛は、激しく狼狽えた。

「藤兵衛さん、お上の御用を誤魔化したのを忘れたのかい」

勇次は、藤兵衛を厳しく見据えた。

「そ、それは……」

藤兵衛は、必死に言い繕《つくろ》おうとした。

「それとも藤兵衛さん、浜町堀の川底の方が良かったのかな」

由松は、冷たく問い掛けた。

藤兵衛は、二人の羽織袴の武士に襲われた恐怖を思い出し、激しく身震いして沈黙した。

由松と勇次は嘲笑った。

夜の静寂に櫓の軋みが響いた。

幸吉は、鳥越川をやって来る猪牙舟に気付き、闇を透かし見た。

猪牙舟は、甚内橋の船着場に船縁を寄せた。

二人の羽織袴の武士が猪牙舟を降り、前田屋敷に入って行った。

夕暮前に出掛けて行った家来だ……。

幸吉は、二人の羽織袴の武士を見送り、一人の足跡が濡れているのに気が付いた。

何だ……。

幸吉は眉をひそめた。

弥平次は、薬種屋『霊峰堂』番頭の藤兵衛が二人の羽織袴の武士に拉致《らち》され掛けたのを、由松と勇次が助けた事を久蔵と和馬に報せた。

「ほう、藤兵衛が拉致され掛けたか……」

久蔵は苦笑した。

「はい。勇次の話じゃあ、藤兵衛を襲った二人の羽織袴の侍は、真山慶次郎を連れ去った奴らだと……」

「間違いあるまい。和馬、町方の藤兵衛が襲われたんだ。遠慮は要らねえ、二人の羽織袴の武士が何処のどいつか突き止めろ」

「心得ました」

和馬は、久蔵の用部屋を出て行った。

「さあて、柳橋の。霊峰堂の藤兵衛、締め上げてみるか……」

久蔵は笑った。


雲海坊は、前田屋敷の裏門を見張り続けた。

老下男が現れ、裏門の前の掃除を始めた。

雲海坊は見守った。

若い女が裏門から出て来た。

真山慶次郎を捜していた若い女……。

雲海坊は、物陰に素早く隠れた。

「やあ、おかよちゃん、御母堂さまのお使いかい」

老下男は、掃除の手を止めた。

「はい。行って来ます」

おかよと呼ばれた若い女は、裏門を出て足早に出掛けて行った。

「気を付けてな……」

老下男は、おかよを見送って再び掃除を始めた。

雲海坊は、漸く現れたおかよと云う名の若い女を追った。


「霊峰堂の藤兵衛が……」

幸吉は眉をひそめた。

「うん。昨夜、二人の侍に連れ去られそうになってな、由松と勇次が助けたそうだ。尤《もっと》も由松と勇次は、藤兵衛を大番屋の仮牢にぶち込んだから、助けた事になるかどうかは分からんがな」

和馬は苦笑した。

「藤兵衛、二人の侍に連れ去られそうになりましたか……」

「ああ……」

「昨夜、出掛けていた二人の家来が猪牙で帰って来ましてね。何故か一人が濡れていましたよ」

幸吉は、思い出すように前田屋敷を眺めた。

「濡れていた……」

和馬は眉をひそめた。

「はい。ひょっとしたら藤兵衛を連れ去ろうとした二人の侍かもしれません」

幸吉は読んだ。

「二人の侍、どんな奴らだ」

「背の高いのと肥った奴です」

「叔父の前田行部の腰巾着の水野と伊東かもしれないな」

和馬は睨んだ。


大番屋の詮議場の床は冷たく、血の臭いが微かに漂っていた。

藤兵衛は、由松と勇次によって筵《むしろ》の上に引き据えられた。

座敷には久蔵がおり、弥平次が框に腰掛けていた。

「やあ、藤兵衛さん……」

弥平次は笑い掛けた。

「お、親分さん……」

藤兵衛は怯えた。

「こちらは、南町奉行所吟味方与力の秋山久蔵さまだよ」

弥平次は、久蔵を引き合わせた。

「やあ、藤兵衛、秋山久蔵だ」

久蔵は冷たく笑った。

「は、はい。薬種屋霊峰堂番頭の藤兵衛にございます」

藤兵衛は、噂《うわさ》に聞く剃刀《かみそり》久蔵を見て怯えた。

「さあて、始めるか藤兵衛。昨夜、お前を襲った二人、何処の誰だい……」

久蔵は、世間話でもするかのように尋ねた。

「さあ、存じませんが……」

藤兵衛は惚《とぼ》けた。

「ほう。二度も誤魔化そうとは、良い度胸じゃあねえか」

久蔵は苦笑した。

「えっ……」

「一度目は棗一杯の烏頭を売った事、二度目は襲った二人が何処の誰か知らねえと惚けた事。そうだろう」

久蔵は、表情を厳しく変えた。

「あ、秋山さま……」

藤兵衛は狼狽えた。

「まあ、良い。どうしても誤魔化し、惚けようと云うのなら、こっちも腰を据えてじっくり責めさせて貰う迄だ」

「そ、そんな……」

藤兵衛は、顔を恐怖に歪《ゆが》めた。

「さあて、藤兵衛。釣責《つりぜめ》、海老責《えびぜめ》、それとも石抱き、どれでも好きなのを選びな」

久蔵は、楽しげに藤兵衛を見据えた。

「お、畏《おそ》れいりました」

藤兵衛は項垂《うなだ》れた。

「藤兵衛、旗本前田家の若党真山慶次郎に棗一杯の烏頭を渡したな」

久蔵は表情を一変させ、藤兵衛を厳しく見据えた。

「はい。前田さまは、霊峰堂の昔からの御贔屓《ごひいき》さまにございまして、御母堂さまにどうしてもとお願いされ、主の瀬左右衛門《せざえもん》と相談し出処は内緒にすると云う約束で……」

藤兵衛は、苦しげに告げた。

「そうか。烏頭は御母堂のお志麻の方さまの頼みか……」

「で、棗一杯の烏頭の使い道は……」

「そこ迄は聞いておりません。本当です」

藤兵衛は、必死の面持ちで告げた。

嘘偽りはない……。

久蔵は睨んだ。

「ならば、真山慶次郎を殺した奴らが、何処の誰か分かるか……」

「おそらく前田家の家中で行部さまの息の掛かった方々かと……」

「行部さまとは、叔父の前田行部か……」

「はい」

「その行部の息の掛かった奴ら、昨夜、お前を襲ったのだな」

「はい……」

「名前は分かるか……」

「いえ。そこ迄は……」

藤兵衛は、首を横に振った。

「そうか。で、奴らの用は……」

「はい。真山慶次郎は霊峰堂に何しに来たのだと……」

「って事は、行部と息の掛かった奴ら、烏頭の事は知らねえか……」

久蔵は読んだ。

「きっと。それで手前を襲い、聞き出そうとしたのです」

藤兵衛は、襲われた時を思い出したのか、身震いした。

前田行部の息の掛かった奴らは、真山慶次郎を捕らえて御母堂お志麻の方の動きを聞き出そうとした。だが、真山慶次郎は口を割らず、殺されたのだ。

真山慶次郎が、棗一杯の烏頭を長八の『藪十』に残して行ったのは、文字通り落として行ったのか、あるいは前田行部の息の掛かった奴らの動きに気が付き、わざと残して行ったのかもしれない。

久蔵は読んだ。

「そうか、良く分かった」

久蔵は笑った。

「秋山さま……」

藤兵衛は、微かな安堵を滲ませた。

「藤兵衛、この一件の始末が着く迄、此処に隠れているんだな」

「えっ……」

藤兵衛は戸惑った。

「行部の息の掛かっている奴らは、お前の口を封じようと企《たくら》んでいる筈だ」

「は、はい……」

藤兵衛は、己が危険な情況に置かれている事を知った。

「よし。由松、勇次……」

久蔵は、由松と勇次に目配せをした。

「はい。さあ……」

由松は、藤兵衛を促した。

藤兵衛は、由松と勇次に連れられて詮議場から出て行った。

「秋山さま、御母堂のお志麻の方さま、烏頭をどうするつもりだったんですかね」

弥平次は眉をひそめた。

「うむ。そして、烏頭を手に入れられず、これからどうするかだ……」

久蔵は、御母堂お志麻の方の出方が気になった。

四

鳥越川甚内橋の船着場に繋がれた船は、緩やかな流れに揺れていた。

和馬と幸吉は、甚内橋の袂から前田屋敷の表を見張り続けた。

二人の羽織袴の武士が、前田屋敷から出て来た。

「和馬の旦那、昨夜の奴らです」

幸吉は、二人の羽織袴の武士を見据えた。

「ああ、背の高いのが水野、肥ったのが伊東。叔父の行部の腰巾着だ」

和馬は見定めた。

水野と伊東は、神田川に向かった。

「追うぞ……」

和馬と幸吉は、水野と伊東の尾行を開始した。


元浜町の薬種屋『霊峰堂』の暖簾《のれん》は、秋風に揺れていた。

おかよが、薬種屋『霊峰堂』を訪れて既に四半刻が過ぎた。

雲海坊は、汐見橋の袂でおかよの出て来るのを待っていた。

おかよは、前田屋敷から真っ直ぐに薬種屋『霊峰堂』に来た。その足取りは早く、緊張に満ちていた。

雲海坊は、おかよの足取りに只ならぬものを感じた。

おかよは、薬種屋『霊峰堂』に何用があって来たのか……。

薬種屋『霊峰堂』に来た用は、御母堂お志麻の方に命じられての事なのか……。

雲海坊は、様々な想いを巡らせながらおかよが薬種屋『霊峰堂』から出て来るのを待った。

旗本前田左京の母親のお志麻の方と叔父の前田行部の対立は、単に反りが合わないだけなのか、それとも前田家に拘る重大な事が秘められているのか……。

久蔵は想いを巡らせた。

棗一杯の鳥頭は、何人もの人の命を奪う程のものだ。それを使うとなれば、反りが合わないだけではなく、重大な事が秘められているとみるのが普通だ。

だとしたら、前田家に秘められているものとは何だ……。

久蔵は、前田家の内情を調べる手立てを弥平次に相談した。

「幸吉と雲海坊の聞き込みじゃあ、用人の相沢九郎兵衛、相当な弥次郎兵衛らしいですよ」

弥平次は、微かな蔑《さげす》みを滲ませた。

「弥次郎兵衛……」

久蔵は眉をひそめた。

「ええ。右に付いたり左に付いたり、倒れそうで倒れず、中々器用な世渡りをしているとか……」

「面白い男だな」

久蔵は苦笑した。

「はい。締め甲斐《がい》はないかもしれませんが……」

「よし……」

久蔵は、前田家用人の相沢九郎兵衛を締め上げる事にした。

半刻が過ぎた。

汐見橋の袂で見張っていた雲海坊が、素早く物陰に身を隠した。

薬種屋『霊峰堂』から、おかよが悄然《しょうぜん》とした面持ちで出て来た。

どうした……。
雲海坊は眉をひそめた。
おかよは、来る時とは打って変わった重い足取りで来た道を戻り始めた。
雲海坊は追った。
おかよは、浜町堀沿いの道を重い足取りで進んだ。
雲海坊は、おかよの重い足取りの理由を読んだ。
おかよは、薬種屋『霊峰堂』を訪れた用件を果せなかったのかもしれない。
果せなかった用件は、おそらく御母堂お志麻の方に命じられた事なのだ。
烏頭に拘りがある……。
雲海坊の勘が囁いた。
おかよは、浜町堀沿いの道を重い足取りで進んで行く。

神田川の流れに揺れる落葉は増えた。
水野と伊東は、神田川沿いの道を西に進んだ。
和馬と幸吉は追った。
水野と伊東は、神田川に架かっている新シ橋を渡り、柳原通り《やなぎわらどお》りを横切って豊島《としま》町《ちょう》に入った。

「此のまま行くと浜町堀ですね」

「ああ。霊峰堂に行くのかな」

和馬と幸吉は追った。

水野と伊東が、不意に立ち止まった。

気付かれた……。

和馬と幸吉は、素早く物陰に隠れて水野と伊東を窺った。

水野と伊東は、連なる家並みの軒下に身を寄せて行く手を窺った。

和馬と幸吉は、水野と伊東の視線の先を追った。

若い女がやって来た。

水野と伊東は、家並みの軒下から若い女を窺っている。

「若い女か……」

「ええ……」

和馬と幸吉は見定めた。

「何処の誰かな……」

和馬は眉をひそめた。

若い女は、重い足取りで水野と伊東の前に差し掛かった。

水野と伊東は、軒下を出て若い女の前に立ちはだかった。

若い女は、水野と伊東に気付いて思わず逃げようとした。

一瞬早く、水野が若い女の腕を摑んだ。

若い女は、逃げようと抗った。

「どうします」

「う、うん……」

和馬と幸吉は、助けに出るかどうか迷った。

陽に焼けた饅頭笠を被った托鉢坊主が、若い女の背後から駆け寄って来た。

「こらあ、娘さんに何をする」

托鉢坊主は、水野と伊東を怒鳴った。

雲海坊だった。

「何だ、坊主……」

水野と伊東は怯《ひる》まなかった。

「和馬の旦那……」

「うん……」

幸吉と和馬は、若い女が雲海坊の見張っていた相手だと気付いた。

「よし、行くぞ」

「はい」

「何をしている」

和馬と幸吉は、物陰を出て駆け付けた。

「拐かしだ。お役人、この者共が娘さんを拐かそうとしているぞ」

雲海坊は叫んだ。

通り掛かった者たちが、恐ろしそうに遠巻きにした。

「拐かしだと……」

和馬は、水野と伊東を睨み付けた。

「違う。我らは拐かしなどではない」

水野と伊東は狼狽え、焦った。

刹那、若い女は水野の手を振り払って柳原通りに走った。

「幸吉……」

和馬は、幸吉に追えと目配せした。

幸吉は、若い女を追った。

水野と伊東も、慌てて若い女を追い掛けようとした。

和馬は、十手を構えて行く手を塞いだ。

「邪魔するな、退け」

伊東は怒鳴り、刀の柄《つか》を握った。

「面白い。何処の家中の者か知らねえが、昼日中、娘を拐かそうとした挙げ句、白刃《はくじん》を振り廻そうとは良い度胸じゃあねえか、殿さまの面《つら》を拝みてえもんだぜ」

和馬は、蔑むように云い放った。

「そうだそうだ。何処の旗本の家来か知らないが、とんだ野暮天だぜ」

雲海坊は、賑やかに囃《はや》し立てた。

遠巻きにしていた者たちが笑った。

「お、おのれ……」

水野と伊東は怯んだ。

和馬と雲海坊は嘲笑った。

若い女は、豊島町を抜けて柳原通りを横切り、新シ橋に走った。

「待ちな……」

幸吉は追った。

若い女は、幸吉を振り返った。

幸吉は、若い女の頬《ほほ》が濡れているのに気が付いた。

泣いている……。

幸吉がそう思った時、若い女は新シ橋の欄干《らんかん》にあがり、神田川に身を躍らせた。

身投げだ……。

幸吉は驚いた。

水飛沫が煌《きら》めいた。

幸吉は、若い女を追って神田川に飛び込んだ。


不忍池《しのばずのいけ》に落葉が舞った。

御家の一大事……。

旗本前田家用人相沢九郎兵衛は、南町奉行所吟味方与力秋山久蔵からの書状を一読して仰天し、狼狽えながら不忍池の畔《ほとり》の料理屋に駆け付けて来た。

「お前さんが用人の相沢九郎兵衛さんか、俺が秋山久蔵だよ」

久蔵は、着流しの寛《くつろ》いだ姿と伝法《でんぽう》な口調で狼狽えている相沢の頭を抑えた。

「そ、それで秋山どの、我が前田家の家臣が薬種屋の番頭を殺そうとしたと云うのは、まことでございますか……」

相沢は、必死の面持ちで久蔵に尋ねた。

「ああ。此の事を目付に報せれば、殺そうとした家臣は勿論、主家である前田家も詮議され、潜んでいる秘事も露見し、公儀は旗本前田家を厳しく仕置する筈……」

久蔵は、相沢を脅《おど》かした。

「あ、秋山どの……」

相沢は、恐怖に喉を引き攣らせた。

「相沢さん、御母堂お志麻の方と叔父の前田行部の対立、何が原因なんだい」

久蔵は、不意に斬り込んだ。

「えっ……」

相沢は狼狽えた。

「お志麻の方と前田行部の対立の原因、知らねえとは云わせないぜ」

久蔵は、相沢を透かすように見据えた。

「は、はい。それは前の殿の主膳さまが病でお亡くなりになった時、行部さまが今の殿の左京さまが幼いと云い募《つの》り、御自分が家督を継ごうとされたのです。お志麻の方さまは怒り、必死に抗い、左京さまの元服を急ぎ、どうにか家督を継がせたのです」

相沢は、己の身の安全が何処にあるのか探るように話した。

「家督争い、お志麻の方の勝ちか……」

「はい。ですが行部さまは、何人かの家臣を味方にして今でも……」

「前田家の家督を狙っているのか……」

「はい……」

相沢は頷いた。

「成る程。それじゃあ、お志麻の方も収まらねえな」

お志麻の方は、今でも前田家の家督を息子左京から奪おうと企んでいる行部を憎み、烏頭を盛ろうとしているのだ。棗一杯の烏頭は、行部とその味方をしている家臣たちを公儀に知られず、秘かに葬る為のものなのだ。

そうした騒ぎが公儀に知れれば、良くて減知、下手をすれば左京は切腹、前田家は取り潰しだ。

御母堂お志麻の方が必死になるのも無理はない。

久蔵は、己が秘かに睨んでいた通りだと知り、苦笑した。

「で、相沢さん、お前さんはどっちに肩入れしているんだい」

「私は前田家が平穏に存続するならば、どちらにでも肩入れします。秋山さま、何事も穏便に、宜《よろ》しくお願いします」

相沢は、久蔵に深々と頭を下げた。

流石《さすが》に弥次郎兵衛、上手い事を云って己の立場を守るものだ。

久蔵は、秘かに感心し、思わず笑った。


若い女は身投げをした。

幸吉は、溺れて意識を失った若い女を助け、水を吐かせて柳橋の船宿『笹舟』に担ぎ込んだ。

女将《おかみ》のおまきとお糸《いと》は、若い女を奥の部屋に寝かせ、駆け付けた医者に診《み》せた。

命は助かる。

医者はそう診断し、煎《せん》じ薬を置いて帰った。

和馬と雲海坊が、若い女の身投げの噂を聞いて駆け戻って来た。そして、若い女が命を取り留めたと聞いて安堵した。

「雲海坊、あの女が殺された真山慶次郎の足取りを追っていたのか……」

幸吉は訊いた。

「ああ、名前はおかよだ」

「で、幸吉、おかよは本当に身投げをしたんだな」

和馬は眉をひそめた。

「ええ。泣きながら……」

幸吉は、逃げながら振り返ったおかよの泣き顔を思い出した。

「泣きながら……」

和馬は戸惑った。

お糸が、奥の部屋から水の入った盥《たらい》と手拭いを持って出て来た。

「どうだい、お糸ちゃん……」

雲海坊は訊いた。

「未だ気を失ったままですが……」

お糸は、困惑を浮かべた。

「どうかしたんですかい、お嬢さん」

幸吉は尋ねた。

「あの女《ひと》、気を失ったまま涙を零《こぼ》しているんですよ」

お糸は、吐息混じりに告げた。

幸吉と雲海坊は、思わず顔を見合わせた。

「気を失ったまま泣いているのか……」

和馬は戸惑った。

「はい。余程、辛《つら》い事があったんでしょうね」

お糸は、おかよを哀れんだ。

「きっとな……」

和馬は頷いた。

「で、どうします。和馬の旦那……」

「俺は此の事を秋山さまに報せる」

「分かりました。じゃあ雲海坊、お前はおかよが気を取り戻したら探りを入れてくれ。俺は前田屋敷の見張りを続ける」

幸吉は、雲海坊と己のする事を決めた。

「気を失ったまま泣いているのか……」

久蔵は、厳しさを滲ませた。

「雲海坊の見立では、おかよはお志麻の方さまの使いで薬種屋霊峰堂に行きましたが、使いの役目は果せなかった。その上に水野や伊東に捕まりそうになり、思わず身を投げたんじゃあないかと……」

和馬は告げた。

「お偉いさんの争いに巻き込まれ、追い詰められたか……」

「はい。殺された真山慶次郎と身投げしたおかよ、将棋の駒《こま》のように使われて辛い思いをしているんですよ」

和馬は、腹立たしげに告げた。

「此のままでは、辛い思いをする奉公人が増えるだけか……」

「はい」

和馬は、悔しげに頷いた。

「よし、そろそろ始末をつける潮時かもしれねえな」

久蔵は、不敵に云い放った。

旗本前田屋敷に緊張が漲《みなぎ》った。

久蔵は、前田屋敷を訪れ、用人の相沢九郎兵衛に家臣の水野平八郎《へいはちろう》と伊東一之《いちの》進《しん》を引き渡すように告げた。

相沢は、狼狽えながらも水野と伊東に書院に来るように命じた。

僅かな時が過ぎ、水野と伊東が背の高い武士と一緒にやって来た。

当主左京の叔父の前田行部……。

久蔵は見定めた。

「その方が秋山久蔵か……」

行部は、居丈高《いたけだか》に久蔵を見据えた。

「ああ。だったらどうだって云うんだい……」

久蔵は、前田行部の高慢な人柄に苦笑した。

「水野と伊東に何用だ」

「真山慶次郎を殺した挙げ句、薬種屋霊峰堂番頭の藤兵衛も殺そうとしたのは、前田行部の指図かどうか訊きに来たんだぜ」

久蔵は、嘲りを浮かべた。

「なに……」

行部は、久蔵を睨み付けた。

「さあ、どうなんだい、水野、伊東。お前たちのした事は、何もかも前田行部の指図なんだろう」

久蔵は、行部を無視して水野と伊東に笑い掛けた。

「そ、それは……」

水野と伊東は、行部を憚《はばか》った。

「水野、伊東。事は既に目付の榊原采女正さまの知る処だ。今のままじゃあ、お前たちだけが仕置されるぜ。それで良いのかい」

久蔵は嘲笑した。

「そんな……」

水野と伊東は狼狽えた。

「黙れ、秋山……」

行部は、刀を握り締めて熱《いき》り立った。

「待ちな。さっきから愚図愚図云っているが、お前さん、誰なんだい」

久蔵は惚け、蔑むように笑い掛けた。

「お、おのれ……」

行部は、怒りと苛《いら》立《だ》ちを露《あらわ》にして久蔵に斬り掛かった。

刹那、久蔵は抜き打ちの一刀を放った。
閃光《せんこう》が走った。
行部は、刀を握り締めたまま凍て付いた。
久蔵は、残心の構えを取った。
相沢、水野、伊東は言葉を失った。
行部の着物の胸元に血が滲み始め、静かに広がった。
「あ、秋山……」
行部は、顔を醜く歪めて崩れ落ちた。
「行部さま。おのれ……」
水野と伊東は、狼狽えながらも久蔵に襲い掛かった。
久蔵は、刀を閃かせた。
血が飛んだ。
水野と伊東は、重なるように斃《たお》れた。
久蔵の鮮やかな心形刀流《しんぎょうとうりゅう》だった。
相沢は呆然とした。
「相沢さん、この乱心者どもの死体、早々に片付けるのだな」

「秋山さま……」

相沢は、久蔵の乱心者と云う言葉に戸惑った。

「乱心者どもなれば、最早、名も身分も尋ねるまい」

久蔵は、前田行部と水野、伊東を乱心者として始末し、事を収めようとした。

相沢は、久蔵の前田家への心遣いに気が付いた。

「忝《かたじけ》のうございます」

相沢は、久蔵に頭を下げた。

「それから相沢さん、御母堂お志麻の方さまにこれを……」

久蔵は、小さな油紙の包みを差し出した。

「これは……」

相沢は、怪訝な面持ちで小さな油紙の包みを見詰めた。

「殺された真山慶次郎の落し物だ」

「真山の……」

「うむ。そして、お志麻の方さまに伝えてくれ。乱心者どもがいなくなった今、最早若い奉公人たちに無体な指図はしてはならぬ。もし、再び無体な指図をした時は、真山の落し物の中身が公儀に届けられ、前田家は取り潰しになると心得るが良いとな」

久蔵は冷たく笑った。

「お、お言葉、確《しか》とお伝え致します」

相沢は震え上がった。

「うむ。ならば……」

久蔵は、前田屋敷を後にした。


用人の相沢九郎兵衛は、御母堂お志麻の方に事の次第を報せた。

「そうか、行部たちは乱心者として秋山久蔵なる者に斬られて死んだのか……」

お志麻の方は、事の次第を聞いて顔を輝かせた。

「はい。それで、秋山どのが御母堂さまにこれをお渡ししてくれと……」

相沢は、お志麻の方に小さな油紙の包みを差し出した。

「これは……」

お志麻の方は眉をひそめた。

「殺された真山慶次郎の落し物だそうです」

「真山の落し物……」

お志麻の方は、油紙を解いて棗を取り出した。そして、慎重に蓋を開けた。

抹茶の香りが揺らめいた。

棗には、烏頭ではなく抹茶が入っていた。

「抹茶……」

お志麻の方は戸惑った。

「それから御母堂さま……」

相沢は、微かな怯えを滲ませて久蔵の言葉を伝えた。

「秋山久蔵……」

お志麻の方は、久蔵の厳しさと鋭さを秘かに畏怖《いふ》した。

抹茶の良い香りが広がっていた。


身体の癒えたおかよは、船宿『笹舟』のおまきとお糸たちに深々と頭を下げ、迎えに来た用人相沢九郎兵衛と共に前田屋敷に戻って行った。

久蔵は、薬種屋『霊峰堂』の番頭藤兵衛を放免した。

真山慶次郎の落とした棗一杯の烏頭に拘る前田家御家騒動は、闇の彼方《かなた》にひっそりと消え去った。

「お志麻の方さま、これで若い奉公人たちに無理無体な事を命じないでしょうね」

和馬は心配した。

「うむ。前田行部はいなくなったんだ。大人しくなるだろう」

久蔵は告げた。

「ですが、行部がいなくなったのを良い事に今迄以上に……」

「和馬、その時は棗に入っていたこの烏頭を遣う迄だ」

久蔵は、抹茶と替えた棗に入っていた烏頭を入れた小さな壺を見せた。

「烏頭を……」

「ああ。目付の榊原さまの処に持ち込むか、それともそのまま遣うかだ」

久蔵は、不敵な笑みを浮かべた。

紅葉が一枚、風に吹かれて用部屋に舞い込んだ。

第二話

神無月

一

神無月《かんなづき》——十月。

十月最初の亥《い》の日は玄猪《げんちょ》と云い、万病を払ったり、子孫繁栄を祝う。そして、この日は炉開きの日であり、茶の湯では風炉を仕舞って炉を開き、町家では炬燵《こたつ》を用意して来客に火鉢を出す。

神無月とは、八百万《やおよろず》の神々が出雲大社に集まって他国にいないとされた故である。因みに出雲では神在月《かみありづき》と云われていた。

大川の流れは深緑色に変わり、冷たい風が吹き始めた。

船頭の勇次は、浅草平右衛門町《へいえもんちょう》にある油問屋の隠居を向島の寮に送り、空になった猪牙舟の舳先《へさき》を柳橋に向けた。

浅草吾妻橋を潜り、竹町之渡《たけちょうのわたし》、駒形堂、厩河岸《うまやがし》、そして浅草御蔵、首尾の松……。

勇次は、猪牙舟を進めた。

行く手に、大勢の人の行き交う両国橋が近づいて来た。

勇次は、両国橋を潜らずに手前の神田川に入った。

神田川に入ると直ぐに柳橋があり、船宿の『笹舟』があった。

勇次は、猪牙舟を船宿『笹舟』の船着場に進めた。そして、柳橋に佇んでいる女に気が付いた。

見掛けない女……。

女は、質素な形の年増で沈んだ面持ちで神田川の流れを見詰めていた。

心配事でもあるのか……。

勇次は、柳橋に佇んでいる女を気にしながら猪牙舟を船着場に着けた。

猪牙舟を繋いだ勇次は、船着場から船宿の『笹舟』の前にあがって柳橋を見た。

いない……。

柳橋に佇んでいた女はいなかった。

勇次は、女を捜して辺りを見廻した。だが、女の姿は、何処にも見えなかった。

冷たい風が吹き抜けた。

勇次は、思わず身を縮めて船宿『笹舟』の腰高障子を開けた。

「只今、戻りました……」

船宿『笹舟』の店土間の大囲炉裏には、真っ赤に熾《お》きた炭が埋《い》けられ、掛けられた湯沸かしからは湯気が立ち昇っていた。

「お帰りなさい。御苦労さま……」

帳場にいたお糸が、勇次を迎えて温かい茶を淹《い》れて差し出した。

「どうぞ……」

「こいつはありがてえ。戴きます」

勇次は、大囲炉裏の傍の縁台に腰掛けて湯気の立ち昇る茶をすすった。

「ああ、暖まる……」

勇次は、吐息を洩らした。

「勇次さん、柳橋に女の人が佇んでいませんでしたか……」

お糸は、外を窺うように尋ねた。

「えっ。ええ……」

勇次は、お糸も柳橋に佇んでいた年増に気が付いていたのを知った。

「いましたけど、あっしが船着場からあがった時にはいませんでした」

「そう……」

お糸は眉をひそめた。

「あの女、どうかしたんですか……」

「何だか思い詰めた顔で神田川を見詰めていて、身投げでもするんじゃあないかと思って……」

「あっしもそんな気がして、辺りを捜したんですけど、何処にもいませんでしたよ」

「そう。無事に帰ったのならいいけど……」

お糸は、心配を過ぎらせた。

大囲炉裏の真っ赤な炭が爆《は》ぜ、火花が飛び散った。


神田川に架かる昌平橋《しょうへいばし》は、神田八ッ小路と明神下の通りを繋いでいる。

和馬と幸吉は、湯島天神や神田明神の見廻りを終え、神田川沿いの道を柳橋の船宿『笹舟』に向かっていた。そして、昌平橋の北詰に差し掛かった。

頭巾を被った武士が、二人の家来を従えて淡路坂《あわじざか》からやって来て昌平橋を渡り始めた。

刹那、後から来た頬被《ほおかぶ》りに菅笠《すげがさ》を被った男が、二人の家来を突き飛ばして頭巾を被った武士に猛然と駆け寄った。

頬被りに菅笠の男の手に握られた匕首《あいくち》が薄日に輝いた。

頭巾を被った武士は振り返り、思わず両手を出して己を庇った。

頬被りに菅笠の男は、匕首を横薙《よこな》ぎに斬り払った。

頭巾を被った武士は、斬られた腕から血を飛ばして欄干の下に転げ込んだ。

「幸吉……」

「はい……」

和馬と幸吉は、事態に気が付いて昌平橋に走った。

通行人たちが悲鳴をあげ、恐ろしげに逃げ散った。

頬被りに菅笠の男は、欄干の下にしゃがみ込んだ頭巾を被った武士に匕首を翳《かざ》した。

「おのれ、下郎……」

二人の家来が、頬被りに菅笠の男を捕まえようとした。

「煩《うるさ》い。邪魔するな」

頰被りに菅笠の男は、匕首を振り廻した。

二人の家来は慌てて跳び退き、必死に匕首を躱《かわ》した。

「何をしてんだ」

和馬は怒鳴り、頰被りに菅笠の男に迫った。

幸吉が続いた。

「畜生……」

囲まれた頰被りに菅笠の男は、悔しさを露にして神田川に身を躍らせた。

水飛沫があがり、煌めいた。

「幸吉……」

「はい……」

幸吉は、神田川に飛び込んだ頰被りに菅笠の男を追って船着場に向かった。

「大丈夫ですか……」

和馬は、腕から血を流して蹲っている頭巾を被った武士の傷を検めた。

浅手だ……。

和馬は見定めた。

「殿……」

二人の家来が、頭巾を被った武士に駆け寄った。

「医者だ。早く医者に連れて行け」

頭巾を被った武士は、怯えに震えて二人の家来に命じた。

「は、はい」

二人の家来は、狼狽えながらも頭巾の武士を助け起こした。

「浅手です。焦らなくても良いでしょう」

和馬は告げた。

「だ、黙れ。不浄役人の分際で何を云う。さっさと今の下郎を捕まえろ」

頭巾を被った武士は、怯えを隠すように居丈高に怒鳴った。

「そいつは云われる迄もありません。で、捕らえたらどちらに……」

和馬は、浮かぶ怒りを懸命に押し隠した。

「儂《わし》は高家《こうけ》の大友上野介満定《おおともこうずけのすけみつさだ》だ。捕らえたなら速やかに報せろ。山室《やまむろ》、富沢《とみざわ》。医者だ」

高家大友上野介満定と名乗った頭巾を被った武士は、恥ずかしさを隠すかのように苛立った。

家来の山室と富沢は、主の大友上野介を左右から抱きかかえるようにして昌平橋から駿河台《するがだい》の淡路坂に向かった。

和馬は見送った。

見守っていた通行人たちは、苦笑し囁き合いながら散った。

「和馬の旦那……」

幸吉が駆け寄って来た。

「おう、どうした」

「どうやら逃げられたようです」

幸吉は、悔しげに告げた。

「そうか……」

「で、斬られた侍は……」

幸吉は眉をひそめた。

「大友上野介満定って高家でな。浅手なのに大騒ぎしやがって。襲った奴を早々に捕まえて報せろと、偉そうに抜かしやがった」

和馬は、腹立たしげに吐き棄てた。

「高家の大友上野介さまですか……」

幸吉は、和馬の様子から襲われた高家の大友上野介の人柄を知った。

高家とは、幕府の儀式典礼の管掌《かんしょう》が役目の旗本であり、足利幕府時の名家と呼ばれる者が多かった。

「ああ。あの人柄だ。おそらく恨んでいる奴は掃いて棄てる程、いるだろうな」

和馬は、嘲りを浮かべた。

「じゃあ、どうします。襲った奴をお縄にするにしても、先《ま》ずは名前と身許、それに襲われた理由ですが、知っているのは襲われた大友上野介さま……」

幸吉は、大友上野介に訊きに行かなければならないのを心配した。

「ま、取り敢えずは、一緒にいた家来たちに訊いてみるさ」

和馬は苦笑した。

「成る程……」

幸吉は頷いた。

「よし。先ずは笹舟に行って大友上野介の屋敷が何処か武鑑で調べてみるか……」

和馬は決めた。

「高家の大友上野介満定さまですか……」

柳橋の弥平次は眉をひそめた。

「うん。知っているかな」

和馬は、弥平次に経緯《いきさつ》を話した。

「名前は聞いた覚えがありますが、詳しい事は……」

弥平次は首を捻った。

「そうか……」

「ありました。こいつですね……」

幸吉は、旗本武鑑の大友上野介の頁を開いて和馬に差し出した。弥平次の持っている武鑑は、久蔵が作ってくれた写しだった。

「旗本大友上野介満定、三千石、高家、神田甲賀町。淡路坂を上がった処かな……」

和馬は、旗本武鑑を読んだ。

「太田姫稲荷《おおたひめいなり》の近くですね……」

幸吉は、切絵図を広げて太田姫稲荷近くに描かれている屋敷を指した。

屋敷には、〝大友上野介〟と書かれていた。

「よし。行ってみるか……」

和馬は、刀を手にして立ち上がった。

「はい……」

幸吉は続いた。

「じゃあ、あっしは秋山さまにお報せして置きます」

「そうか。宜しく頼む」

和馬と幸吉は、高家大友上野介の屋敷に向かった。

弥平次は見送り、南町奉行所吟味方与力秋山久蔵の許に急いだ。


高家大友上野介満定の屋敷は、淡路坂をあがった処にあり、向かい側に太田姫稲荷があった。

和馬は、幸吉と共に大友屋敷を訪れ、門番の中間に家来の山室か富沢を呼んでくれと頼んだ。

僅かな刻が過ぎ、家来の山室が足早にやって来た。

「やあ……」

「先程は造作をお掛け致しました」

山室は礼を述べた。

「して、大友さまの傷の具合は如何ですか」

「はい。御貴殿の見立て通り、浅手でした。それで、襲った男は……」

山室は、主の大友上野介とは違って偉ぶった処はなかった。

「そいつなんですが、逃げられましてね。それで、襲った奴の名前と身許、それに襲った理由、御存知なら教えて戴こうと思いましてね」

和馬は告げた。

「あの……」

「ああ、私は南町奉行所定町廻り同心の神崎和馬、こっちは幸吉です」

和馬は名乗り、幸吉を引き合わせた。

「神崎どのに幸吉さんですか、宜しければちょいとこちらに……」

山室は、和馬と幸吉を太田姫稲荷の境内《けいだい》に誘《いざな》った。

太田姫稲荷は神田川沿いにあり、境内に参拝客は少なかった。

山室は、和馬と幸吉を境内の外れにある古く小さな茶店に誘った。

古く小さな茶店は老夫婦が営んでおり、客はいなかった。

「茂平さん、ちょいと奥を借りるよ」

山室は、老夫婦の亭主に声を掛けた。

「ああ。どうぞ、淳之介《じゅんのすけ》さん……」

山室は名を淳之介と云い、茶店の老夫婦と親しく付き合っているようだった。

和馬と幸吉は、山室に誘われて茶店の奥の小上がりにあがった。

「それで神崎どの、殿を襲った者ですか……」

山室は、困惑した眼を和馬に向けた。

「ええ。襲ったのは町方の者、そいつが高家の殿さまを襲ったとなると、かなりの恨みがある筈。となれば、かなり深い拘わりがあり、名も身許も御存知の筈……」

和馬は、山室淳之介を見据えて訊いた。

「神崎どの……」

山室は、和馬の読みに項垂れた。

読みの通りなのだ……。

和馬は知った。

「山室さん、御存知なら教えて戴きたい」

和馬は促した。

「神崎どの、我が殿を襲った者は、御存知の通り、頬被りをして菅笠を被って顔を隠していたので、はっきりとは分からないのですが、おそらく鍛金師《たんきんし》の文七《ぶんしち》じゃあないかと思います」

「鍛金師の文七……」

和馬は念を押した。

「はい。何となく似ているように思いました」

山室は頷いた。

「その文七の住まい、何処ですか……」

幸吉は尋ねた。

「神田は玉池《たまいけ》稲荷近くだと聞いた覚えがある」

「長屋か仕舞屋《しもたや》かは……」

「そこ迄は……」

山室は、首を横に振った。

「そうですか……」

幸吉は頷いた。

「して、襲ったのが鍛金師の文七だとしたら、どうして大友さまを襲ったんですか……」

和馬は、肝心な事を訊いた。

「神崎どの……」

山室は、言葉に詰まった。

「山室さん……」

和馬は促した。

「知りません……」

山室は項垂れた。

「えっ……」

和馬は戸惑った。

「神崎どの、かつて殿は御用達《ごようたし》の茶道具屋の主から鍛金師の文七を引き合わされ、細かい細工注文の銀の香炉を作らせた事がありました。私が知っている殿と文七の拘わりはそのぐらいです」

山室は、云い難《にく》そうに顔を歪めて告げた。

「そうですか。良く分かりました」

和馬は頷いた。

「神崎どの……」

山室は、詫びるように頭を下げた。

和馬は、山室が何か知っていると睨んだ。だが、山室淳之介は、山室は、人としての己と大友上野介の家来としての立場の狭間に揺れ、後者を選んだのだ。

和馬と幸吉は、山室の苦衷《くちゆう》に気付いていた。

「いや。いろいろ教えて戴き、助かりました」

和馬は礼を述べた。

「御役に立てれば良いんですが、では……」

山室は、和馬と幸吉に深々と頭を下げて大友屋敷に戻って行った。

「和馬の旦那……」

「すまじきものは宮仕えだな」

「ええ。お気の毒に……」

和馬と幸吉は、山室に同情した。

「で、どうしますか……」

幸吉は、和馬の指示を仰いだ。

陽は大きく西に傾き、神田川の上流を赤く染め始めていた。

「よし。明日、玉池稲荷界隈で鍛金師の文七ってのを捜してみよう」

「はい。それにしても、高家の大友上野介さまと鍛金師の文七の間に何があったのか……」

幸吉は眉をひそめた。

「うん。いずれにしろ、一介の名もない職人が旗本も高家の殿さまの命を狙っているんだ。当然、己の命を棄てる覚悟をしている筈だ」

「文七をそこ迄、追い詰めたのは高家の大友上野介ですか……」

「ああ、おそらく、悪いのは高家の大友上野介満定だ……」

和馬は、腹立たしげに云い放った。


八丁堀岡崎町秋山屋敷は表門を閉じ、門脇の常夜燈を灯していた。

南町奉行所吟味方与力秋山久蔵は、晩飯を食べる和馬を見ながら酒を飲んでいた。

和馬は、晩飯を御馳走になりながら高家大友上野介襲撃事件を報告した。

久蔵は、柳橋の弥平次から高家大友上野介満定襲撃事件の概要を聞いていた。

「して、家来の山室淳之介によれば、襲ったのは文七と云う鍛金師かもしれないのだな」

「はい。未だはっきりはしませんが……」

「おそらく、間違いあるまい」

「ええ……」

和馬は、晩飯を食べ終わり、箸を置いて頷いた。

「高家の大友上野介満定、柳橋から聞いてちょいと調べたのだが、余り良い評判のねえ野郎だな」

久蔵は、手酌で酒を飲んだ。

「はい。高慢な嫌な奴です。襲われたのもおそらく恨まれての事、自業自得、止めない方が良かったのかもしれません」

和馬は云い放った。

「ま、そうもいくまい」

久蔵は苦笑した。

「はあ。ですが、名もない鍛金師が高家の殿さまの命を狙うなど、余程の事です。悪いのは大友上野介に決まっていますよ」

和馬は決め付けた。

「和馬、探索に予断は禁物。余計な感情を持っての探索は、捕違《とりちが》いの元だ」

久蔵は、言い聞かせた。

「そいつは分かっていますが……」

和馬は、不服げに手酌で酒を飲んだ。

「和馬、もし鍛金師の文七が大友上野介の命を獲《と》ろうとしているのなら、何としてでも食い止めるのだな」

「秋山さま……」

久蔵は、和馬を見据えて告げた。

「文七を人殺しにしちゃあならねえ……」

久蔵は、厳しく命じた。

二

太田姫稲荷の赤い幟旗《のぼりばた》は、冷たい風にはためいた。

和馬は、弥平次と相談して幸吉と雲海坊に大友屋敷を見張らせた。そして、鍛金師の文七が現れ、妙な真似をしようとしたら邪魔をし、後を尾行て行き先を突き止めろと指示した。

幸吉と雲海坊は、大友屋敷の前の太田姫稲荷の境内から見張り始めた。


神田玉池稲荷界隈に住んでいる鍛金師の文七……。

和馬、由松、勇次は、玉池稲荷の周囲の小泉町、松枝町《まつがえちょう》、岩本町などの自身番や木戸番に聞き込みを掛けた。

〝鍛金師〟とは、銀の地金を木槌《きづち》や金槌で叩いて絞り、立体的な形にする職人である。そして、香炉や香合《こうごう》、銚釐《ちろり》やぐい呑み、薬罐《やかん》などを作っていた。

和馬、由松、勇次は、玉池稲荷の周囲の町に散り、鍛金師の文七を捜した。

玉池稲荷は、桜ヶ池に身投げをしたお玉と云う娘の霊を慰める為に建立された稲荷だ。和馬と勇次は、岩本町の自身番に赴いて店番《たなばん》に町内に鍛金師の文七が住んでいないか尋ねた。

自身番の店番は、町内の名簿を調べて鍛金師の文七は住んでいないと告げた。

和馬と勇次は、次の町の自身番に向かった。

由松は、玉池稲荷の周辺の町にある小間物屋や茶道具屋などに鍛金師の文七を知らないか訊き歩いた。だが、鍛金師の文七の名を知ってはいても、住まいを知る者は見付からなかった。

松枝町の自身番の店番は、鍛金師の文七を知っていた。

「鍛金師の文七さんなら、裏通りを半町程進んだ処にある梅の木長屋に住んでいますよ」

店番は、和馬と勇次に告げた。

「梅の木長屋か……」

和馬は念を押した。

「はい……」

「で、文七さん、一人暮らしなんですか」

勇次は尋ねた。

「いいや。おなかっておかみさんと二人暮らしだね」

店番は、町内名簿を見ながら告げた。

「そうですか。和馬の旦那……」

「よし。行ってみよう」

和馬と勇次は、松枝町の裏通りを梅の木長屋に向かった。

梅の木長屋は陽当たりが悪く、井戸端でお喋《しゃべ》りをするおかみさんもいなかった。

和馬と勇次は、梅の老木のある木戸を入り、長屋の奥の家に向かった。

「此処だな……」

和馬は、奥の家を眺めた。

鍛金師の文七が家におり、仕事をしているならば銀の地金を叩く音がしている筈だ。だが、文七が留守なのか、仕事をしていないのか、銀の地金を叩く音はしていなかった。

「文七、留守なんですかね」

勇次は眉をひそめた。

「ま、人を殺そうとしているんだ。落ち着いて仕事をする程の余裕はあるまい」

和馬は読んだ。

「そうですね……」

勇次は、和馬の読みに頷いた。

「うん。じゃあ……」

和馬は、家にいる文七が逃げるのを警戒しながら腰高障子を静かに叩いた。

勇次は身構えた。

女の返事がし、腰高障子が開けられた。

文七の女房のおなかだ……。

「やあ……」

和馬は笑い掛けた。

女房のおなかは、町方同心の和馬を見て顔色を変えた。

知っている……。

亭主の文七が、高家大友上野介を殺そうとしているのを知っているのだ。

和馬の勘が囁いた。

「文七、いるか……」

和馬は、素早く狭い家の中を覗いた。

狭い家の中には誰もいず、片隅に鍛金の当て台、天秤《てんびん》、金槌、木槌、円規《えんき》、名倉などの道具類があった。

文七が隠れている様子はない……。

和馬は見定めた。

「文七の女房のおなかだな」

「はい……」

おなかは、緊張した面持ちで頷いた。

勇次は、おなかを見守った。

「文七は何処にいる」

「分かりません……」

おなかは、哀しげに首を横に振った。

「分からない……」

和馬は眉をひそめた。

「はい。文七は三日前に出掛けたっきり、家には戻っておりません」

おなかは告げた。

「ならば三日前、文七は何処に何しに行ったのだ」

「それは……」

おなかは、微かな迷いと躊躇《ためら》いを過ぎらせた。

「何処に行ったんだ」

和馬は畳み掛けた。

「存じません……」

おなかは、迷いや躊躇いを振り払うように云った。

「知らない……」

和馬は、おなかを厳しく見据えた。

「はい。私は文七が何処に行ったのか、存じません」

おなかは、覚悟を決めたように云い切った。

「本当だな……」

和馬は念を押した。

「はい……」

おなかは、和馬を見詰めて頷いた。

その顔には、お咎《とが》め覚悟で何も話さないと云う決意が窺えた。

「ならば近頃、文七に何か変わった事はなかったか……」

「さあ、別になかったと思います」

おなかに躊躇いはなかった。

最早、何を聞いても無駄だ……。

和馬は見定めた。

「よし。分かった。邪魔をしたな」

和馬は、勇次を促して梅の木長屋の木戸に向かった。

おなかは見送り、家に入って腰高障子を閉めた。


和馬と勇次は、梅の木長屋の木戸を出た。

「おなか、亭主の文七が何をしているのか知っていますね」

勇次は読んだ。

「ああ。訪れた同心に、文七が何をしたか訊かないのがその証だ」

和馬は苦笑した。

「ええ。それから和馬の旦那。おなかですが、昨日の昼間、柳橋の上に佇んでいましてね」

勇次は気付いていた。

鍛金師の文七の女房おなかは、柳橋の上に思い詰めた様子で佇んでいた質素な形の年増だった。

「昨日の昼間、柳橋に……」

和馬は眉をひそめた。

「ええ。うちのお嬢さんも身投げでもするんじゃあないかと心配しましてね」

勇次は告げた。

「身投げ……」

「ええ。思い詰めた顔で、じっと神田川を見詰めていました」

「そうか……」

「ひょっとしたら、文七と逢った後だったのかもしれませんね」

勇次は読んだ。

「うん。おなかの奴、亭主の文七を庇い、思いを遂げさせようとしているか……」

和馬は、おなかの腹の内を読んだ。

「ええ。その為には、お咎め覚悟で貝になったって処ですか……」

「うん。ま、取り敢えずは、おなかを見張るしかないか……」

和馬は、梅の木長屋を一瞥した。

「はい」

和馬と勇次は、梅の木長屋の木戸に戻った。

文七が戻って来るかもしれない……。

あるいは、おなかが文七の処に行くかも知れない……。

和馬と勇次は、木戸の陰に入って文七おなか夫婦の家の見張りを始めた。

梅の木長屋に冷たい風が吹き抜けた。


大友屋敷は、当主の上野介が襲われて以来、警固を厳しくしていた。

幸吉と雲海坊は、太田姫稲荷の境内から大友屋敷に文七が現れるのを警戒した。

「幸吉っつぁん……」

雲海坊が幸吉を呼んだ。

「どうした」

幸吉は、雲海坊の視線の先を追った。

総髪の武士が大友屋敷の表門前に佇み、鋭い視線で辺りを見廻していた。

「淡路坂をあがって来たが、知っている顔かな……」

雲海坊は、総髪の武士を示した。

「いいや。初めて見る顔だ……」

幸吉は眉をひそめた。

大友屋敷の表門脇の潜り戸が開き、総髪の武士は屋敷内に入って行った。

「高家の家来のようには見えないな」

「ああ。ひょっとしたら用心棒かもな」

幸吉は睨んだ。

僅かな刻が過ぎ、山室淳之介たち四人の家来が大友屋敷から出て来た。

「山室淳之介だ……」

幸吉は、雲海坊に先頭の山室を示した。

「うん……」

雲海坊は、山室淳之介を見定めた。

山室たち四人の家来は、大友屋敷を出て淡路坂に向かった。

「よし。俺が尾行てみるぜ」

雲海坊は、陽に焼けた饅頭笠を被り直して錫杖《しやくじよう》を手にした。

「承知……」

幸吉は、大友屋敷の見張りに残り、文七の現れるのを警戒した。

神田松枝町の裏通りには小さな煙草屋があり、梅の木長屋の出入口が見えた。

和馬と勇次は、煙草屋の老婆に金を握らせて見張り場所にした。

おなかが出掛ける様子はなく、文七が戻って来る事もなかった。

由松は、松枝町の自身番で和馬たちの行き先を聞き、梅の木長屋で合流した。

和馬は、由松に文七とおなかの事を教えた。

「で、由松の方は何か分かったか」

「そいつなんですがね。茶道具屋の番頭さんに聞いたんですが、鍛金師の文七、腕が良いって専《もっぱ》らの評判でしてね。あっしも文七の作った銀の香炉を見せて貰いましたが、そりゃあもう見事な物でしたよ」

由松は誉《ほ》めた。

「へえ、そうなんだ……」

和馬は感心した。

「それに引き替え、襲われた高家の大友上野介、評判が悪い野郎ですぜ」

由松は眉をひそめた。

「大友上野介か……」

「ええ……」

「どんな風に評判が悪いんだ」

「そいつが、茶道具の誂《あつら》え注文をするそうですが、出来上がると注文にはなかった処を細かく駄目だしをして、約束の後金を払わないそうでしてね。茶道具屋も前金を貰っている誂えの品物を他の客に売れず、結局は買い叩かれると……」

「高慢な上に狡猾な野郎だな」

和馬は、怒りを覚えた。

「ええ。ま、一事が万事その調子で、苦情を云うと、高家の威光を振り翳す。茶道具屋も職人も泣き寝入りするしかないそうですよ」

由松は、腹立たしげに告げた。

「そうか……」

大友家家中の山室淳之介によれば、鍛金師の文七は大友上野介の注文で銀の香炉を作った事がある。その時、文七も大友上野介のそうした振る舞いに遭い、間に立った御用達の茶道具屋と泣き寝入りをさせられた。そして、それを恨み続け、大友上野介の命を獲ろうとしているのかもしれない。

和馬は読んだ。

「由松、昔、文七も大友上野介の注文で銀の香炉を作ったそうだ。その時、間に入った御用達の茶道具屋がいる。そいつが何処の店か突き止めてくれ」

「承知しました。じゃあな、勇次……」

「はい。気を付けて……」

由松は、小さな煙草屋から足早に出て行った。

「大友上野介、酷《ひど》い野郎ですね」

勇次は呆れた。

「ああ。だがそんな外道《げどう》を殺しても、人殺しは人殺しだ」

和馬は、苛立ちを浮かべた。


日本橋通りは行き交う人で賑わっていた。

山室たち四人の大友家の家来は、室町《むろまち》三丁目の浮世小路に入った。

雲海坊は尾行た。

山室たちは、大戸の閉められた店の前に立ち止まった。

雲海坊は、物陰に入って見守った。

山室たちは、大戸の閉められた店を見上げ、中の様子を窺った。

何をしている……。

雲海坊は、大戸の閉められた店を眺めた。

大戸の閉められた店には、『茶道具　梅鳳堂《ばいほうどう》』と書かれた古い看板が掲げられていた。

茶道具屋の梅鳳堂か……。

雲海坊は、山室たちの様子を見守った。

山室たちは、茶道具屋『梅鳳堂』の閉められた大戸を叩いたり、裏手に廻ったりした。だが、茶道具屋『梅鳳堂』から人が出て来る事はなかった。

留守か……。

だが、主一家と奉公人が一人もいなくなるような商家はない。店を閉めていても、留守番は残している筈だ。

その留守番もいないとなると……。

雲海坊は読んだ。

茶道具屋梅鳳堂は潰れている……。

雲海坊は見定めた。

茶道具屋『梅鳳堂』が潰れていると気付いたのは、山室たちも同じだった。

山室たちは、浮世小路を出て日本橋通りを神田八ッ小路に急いだ。それは、来た道を戻る事だった。

大友屋敷に帰る……。

雲海坊は見定め、茶道具屋『梅鳳堂』のある伊勢町の木戸番屋を訪れた。

「茶道具屋の梅鳳堂かい……」

伊勢町の老木戸番の定吉《さだきち》は、雲海坊とは顔見知りで素性も知っていた。

「ええ。潰れた店のようだね」

雲海坊は、定吉の淹れてくれた出涸し茶を飲んだ。

「ああ。頑張っていたんだけどね。旦那の宗平《そうへい》さん、十日前にお内儀《かみ》さんと子供を道連れに一家心中しちまったよ」

定吉は哀しげに告げた。

「一家心中……」

雲海坊は驚いた。

「ああ。気の毒に、高利貸に借りた金が返せなくなってね」

定吉は、『梅鳳堂』の者たちに同情した。

「高利貸に借りた金って。梅鳳堂、そんなに金繰りが大変だったんですかい……」

雲海坊は首を捻った。

「うん。二、三年前に旗本のお殿さまの注文で作った香炉がけちのつき始めでね」

「香炉……」

雲海坊は眉をひそめた。

「ああ。銀の地に金の模様の香炉だそうだ」

定吉は、腹立たしげに頷いた。

「定吉さん、その香炉を注文した旗本の殿さま、大友上野介って奴じゃあないのかな」

雲海坊は読んだ。

「ああ。そうだ。忠臣蔵の吉良《きら》上野介と同じ名前の外道だぜ」

定吉は、白髪眉を怒りに震わせた。

「定吉さん、梅鳳堂の潰れた経緯、知っているだけ教えてくれませんかい……」

雲海坊は頼んだ。

「雲海坊の兄い、そいつを教えると梅鳳堂のみんなの仇討《あだうち》になるかい」

定吉は眉をひそめた。

「定吉さん、こいつは南町奉行所の秋山久蔵さまの扱いです」

「そうか。剃刀久蔵の扱いなら、どうにかなるかもしれねえな」

定吉は、期待にその眼を輝かせた。

「ええ、きっと……」

雲海坊は笑った。


大友屋敷は静けさに満ちていた。

総髪の武士は、大友屋敷に入ったまま出て来なかった。

幸吉は、太田姫稲荷から見張り続けた。

鍛金師文七は、大友屋敷に現れなかった。

現れない方が良い……。

幸吉は、文七が現れないのに微かな安堵を覚えていた。

出掛けた山室たちと雲海坊は、中々戻って来なかった。

町方の男が、淡路坂をあがって来た。

まさか……。

幸吉は見守った。

町方の男は文七ではなく、大友屋敷の前を通り過ぎて行った。

大友屋敷の潜り戸が開き、家来の富沢が出て来て通り過ぎて行く町方の男を見送った。そして、門前に不審はないと見定めて潜り戸を閉めた。

大友屋敷は表門を閉じているが、潜り戸の内側から表を見張っている。

油断はない……。

富沢たち家来は、文七が来るのを待ち構えているのだ。

幸吉は知った。

淡路坂に様々な者が行き交い、刻は過ぎた。

町方の男が、淡路坂をあがって来た。

幸吉は眉をひそめた。

町方の男は、手拭いで頬被りをして菅笠を被っていた。

まさか……。

幸吉は、町方の男の顔を見定めようとした。

文七……。

幸吉は、手拭いの頬被りをして菅笠を被った町方の男を鍛金師の文七だと見定めた。

文七は淡路坂をあがり、大友屋敷の門前に近づいた。
門内では、富沢たち家来が文七が来るのを待ち構えているのだ。
どうする……。
幸吉は焦った。

三

文七は、菅笠をあげて大友屋敷の様子を窺った。
潜り戸が僅かな軋みを鳴らした。
拙い……。
幸吉は、咄嗟に呼子笛《よびこぶえ》を吹き鳴らした。
呼子笛の音が甲高く鳴り響いた。
文七は、慌てて身を翻して淡路坂を駆け降りた。
幸吉は、太田姫稲荷から飛び出し、文七を追った。
潜り戸が開き、富沢たち家来が現れた。
「追え。菅笠の男だ。追え……」

富沢は叫び、仲間の家来たちと文七を追った。

文七は、淡路坂を猛然と駆け降りた。

幸吉は追った。

神田八ッ小路には、多くの人が行き交っていた。

淡路坂を駆け降りた文七は、八ッ小路から神田川に架かる昌平橋に走った。

幸吉は、文七を追って昌平橋を渡ろうとした。だが、此のままでは、富沢たち大友家の家来も追って来る。

食い止めなければ……。

幸吉は焦った。

文七は、昌平橋を駆け渡った。

幸吉は、昌平橋の袂で立ち止まり、追って来る富沢たち大友家の家来に立ち向かった。

文七を見失っても、富沢たち大友家の家来に捕らえられたり、斬られたりするよりは良い……。

幸吉はそう判断し、富沢たち大友家の家来を食い止めようと覚悟を決めた。

「退け、下郎」

富沢は、昌平橋の前に立ち塞がった幸吉を怒鳴った。

「煩せえ、三一侍《さんぴんざむらい》が……」

幸吉は、富沢たちの気を文七から逸《そ》らそうと悪態をついた。

「おのれ、邪魔するな」

富沢は、怒鳴りながら幸吉に抜き打ちの一刀を放とうとした。

刹那、塗笠を被った着流しの久蔵が現れ、富沢を突き飛ばした。

富沢は、刀を握り締めて倒れ込んだ。

行き交う人々が悲鳴をあげて散った。

久蔵は、幸吉を庇うように立った。

富沢たち大友家の家来は、刀の柄を握り締めて身構えた。

幸吉は、久蔵が現れたのに安堵した。

「追え」

久蔵は、幸吉に短く命じた。

「はい」

幸吉は、文七を追って昌平橋を渡った。

富沢たち大友家の家来は続こうとした。

久蔵は立ち塞がった。

「退け……」

大友家の家来たちは、微かな怯えを滲ませながら居丈高に怒鳴った。

「何処の家中の者か知らねえが、昼日中、町中で白刃を振り廻すとは、良い度胸じゃあねえか……」

久蔵は嘲笑した。

「おのれ、何者だ……」

富沢は、怒りに声を震わせた。

「俺に名乗らせねえ方が良いと思うがな」

「何だと……」

富沢たちは戸惑った。

「下手に名乗れば、此処だけでの事で済まなくなり、高家と町奉行所の騒ぎになるが、それでも良いのかい」

久蔵は苦笑した。

「町奉行所……」

富沢たちは怯んだ。

「ああ。如何に高家でも町奉行所から目付に報せがいけばどうなるかな」

富沢は、自分たちが高家大友家家中の者だと知れているのに気が付いた。

白昼、町中で町方の者を相手に刀を抜いて騒ぎを起こしたとなると、如何に高家でも公儀の咎めを受けるのは必定《ひつじょう》だ。それに、菅笠を被った男は既に逃げ去り、その姿は見えなかった。

「分かった。みんなこれ迄だ。引き上げよう」

富沢は、仲間の家来たちを促し、淡路坂に向かった。

「みんな、忙しい処、迷惑を掛けて済まなかったな」

久蔵は、恐ろしげに見守っていた人々に詫びた。


不忍池の水面は鈍色《にびいろ》に輝いていた。

幸吉は昌平橋を渡り、文七を捜して明神下の通りから不忍池の畔に出た。

不忍池の向こう岸の畔を行く文七の姿が見えた。

どうにか見失わずに済んだ……。

幸吉は、足早に文七を追った。

文七は、不忍池の畔沿いを進んで上野山内を抜け行く。

あのまま進めば谷中《やなか》に出る。

谷中には寺町があり、天王寺《てんのうじ》がある。

幸吉は小走りに追った。

文七は、寺町の門前町である谷中八軒町に入って行った。

幸吉は走った。


「幸吉、文七に追い付けば良いんですがね」

弥平次は心配した。

「幸吉の事だ。心配あるまい」

久蔵は茶を啜《すす》った。

「だったら良いんですが……」

「うむ」

「それにしても、大友家の家来たちも文七を狙っているとなると、いろいろ面倒ですね」

弥平次は眉をひそめた。

「ああ。大友上野介、一刻も早く文七を始末して、手前の都合の悪い事を闇に葬ろうって魂胆なんだろう」

久蔵は睨んだ。

「自分に都合の悪い事ですか……」

「ああ……」

足音が弥平次の居間の前に止まった。

「親分……」

雲海坊だった。

「おう。入りな」

「御免なすって……」

雲海坊が襖《ふすま》を開け、弥平次と久蔵に会釈をして入って来た。

「何か分かったかい……」

「はい。大友家の奴らが伊勢町の梅鳳堂って潰れた茶道具屋に行きましてね」

「潰れた茶道具屋……」

「はい。高家の家来と潰れた茶道具屋。どんな拘わりがあるのかと思い、梅鳳堂がどうして潰れたのか調べたんです」

雲海坊は、微かな怒りを滲ませた。

「高家の大友上野介が絡んでいたか……」

久蔵は、雲海坊の微かな怒りを読んだ。

「はい。大友上野介、梅鳳堂の宗平旦那に金と銀を使った香炉を作るように頼み、出来上がった品物に何かと言い掛かりを付けては作り直しをさせて買い叩き、約束の値よりずっと安く手に入れていたそうです」

雲海坊は、腹立たしげに報せた。

「雲海坊、そいつに間違いないんだな」

弥平次は眉をひそめた。

「はい」

「公儀の儀式典礼などを司《つかさど》る高家が、強請集《ゆすりたか》りの騙《かた》り者以上の薄汚ねえ真似をするとはな」

久蔵は呆れた。

「で、梅鳳堂は潰れたのか……」

「はい。何度も作り直した金と銀の地金の代金が嵩《かさ》み、高利貸しに金を借り、返済が滞って追い詰められ、旦那の宗平、女房子供を道連れに心中したそうです」

雲海坊は悔しげに告げた。

「その時の香炉を作ったのが、鍛金師の文七か……」

久蔵は、静かに訊いた。

「おそらくそうだと思いますが、未だ確かめてはおりません」

「よし。急いで確かめろ」

久蔵は命じた。

「承知しました」

雲海坊は、頷いて出て行った。

「秋山さま……」

「雲海坊の調べ通りだったら、文七は心中した梅鳳堂の主一家の恨みを晴らそうとしているって訳か……」

久蔵は読んだ。

「きっと。香炉を作った責めを感じての事でしょう」

弥平次は、厳しい面持ちで頷いた。

「だったら尚更、文七に大友上野介を殺させちゃあならねえな」

久蔵は、己に言い聞かせるように弥平次に告げた。

谷中天王寺の鐘が申《さる》の刻七つ（午後四時）を報せた。

鍛金師の文七は、谷中八軒町の裏通りに進んで行った。

幸吉は走り、文七の進んで行った谷中八軒町の裏通りに出た。

裏通りには様々な店が並び、文七の姿は見えなかった。

見失った……。

幸吉は焦った。

文七が、裏通りの何処かにいるのは間違いないのだ。

幸吉は見定め、裏通りに文七の隠れていそうな処を探した。だが、それらしい場所はなかった。

とにかく、文七は谷中八軒町の裏通りに潜んでいる……。

幸吉は、谷中八軒町の木戸番屋に急いだ。そして、木戸番に親分の弥平次への使いを頼んだ。


陽は西の空に沈み始め、梅の木長屋に漸く陽差しが当たった。

和馬と勇次は、小さな煙草屋から梅の木長屋を見張り続けていた。

「和馬の旦那……」

勇次は、梅の木長屋から風呂敷包みを抱えて出て来たおなかを示した。

「文七の処に行くのかな……」

和馬は読んだ。

「かもしれませんね」

勇次は頷いた。

おなかは辺りを窺い、梅の木長屋を出て足早に弁慶橋に進んだ。

和馬と勇次は、おなかを追った。


夕暮時の町は、行き交う人々の影を長く伸ばした。

おなかは弁慶橋を渡り、東に曲がって両国広小路に向かった。

和馬と勇次は追った。


両国広小路の露店は店を閉め始め、行き交う人々も少なくなった。

おなかは、両国広小路を横切って神田川に急いだ。

「まさか、柳橋に……」

勇次は眉をひそめた。

「ああ、そのまさかかもな……」

和馬は、おなかの後ろ姿を見詰めて追った。

両国広小路を抜けて神田川に出ると、柳橋が架かっており、風に暖簾を揺らしている船宿『笹舟』が見える。

おなかは、辺りを見廻しながら柳橋の上に佇んだ。

和馬と勇次は、柳橋の南の袂にある蕎麦屋『藪十』の陰から見守った。

おなかは、風呂敷包みを胸元に抱えて人待ち顔で辺りを見廻した。

「誰か来るのを待っているようですね」

「うん。相手は文七かな……」

和馬は睨んだ。

おなかは、風呂敷包みを抱えて夕暮の柳橋に佇み続けた。

半纏《はんてん》を着た男が、神田川沿いの道を小走りにやって来た。

おなかは、半纏を着た男に気が付き、緊張した面持ちで見詰めた。

文七か……。

和馬と勇次は身構えた。

半纏を着た男は、柳橋に佇んでいるおなかを一瞥して通り過ぎた。

おなかは、肩を落とした。

文七ではない……。

和馬は気付いた。

半纏を着た男は、柳橋の袂を通り過ぎて船宿『笹舟』に入って行った。


「お父っつぁん……」

お糸は、弥平次と久蔵のいる居間にやって来た。

「おう。どうしたい」

「今、谷中八軒町の木戸番の方が、幸吉さんの結び文を持って来てくれました」

お糸は、結び文を弥平次に差し出した。

「幸吉から。で、木戸番は……」

「帰りました」

「そうか……」

弥平次は、結び文を解いて広げた。

結び文には、文七を谷中八軒町の裏通りで見失った事と、未だ潜んでいる筈だから捜すと書かれていた。

弥平次は、幸吉の結び文に書かれていた事を久蔵に告げた。

「谷中八軒町の裏通りか……」

久蔵は眉をひそめた。

「はい……」

弥平次は頷いた。

「それからお父っつぁん、木戸番の方を見送りに出たら、柳橋に此の間の女の人が又……」

お糸は、戸惑った面持ちで告げた。

「いるのか……」

「はい。風呂敷包みを抱えて……」

「どうかしたのか……」

久蔵は尋ねた。

「はい。身投げをしそうな女がいましてね」

「身投げだと……」

久蔵は眉をひそめた。

夕陽は沈み、柳橋は薄暮に覆われた。

おなかは、柳橋に佇み続けた。

和馬と勇次は、蕎麦屋『藪十』の物陰から見張り続けた。

塗笠を被った着流しの久蔵が、船宿『笹舟』から出て来て柳橋に進んだ。

「和馬の旦那、秋山さまです……」

勇次は、戸惑った面持ちで和馬に告げた。

「うん……」

和馬は、久蔵の出方を窺った。

久蔵は、風呂敷包みを抱えて佇んでいるおなかに近づいた。

おなかは、久蔵に会釈をして欄干に寄った。

久蔵は、おなかの背後を抜けて柳橋を渡った。そして、蕎麦屋『藪十』の陰にいる和馬と勇次に向かって来た。

「秋山さま……」

和馬と勇次は物陰を出た。

「おう、どうした」

「はい。文七の女房のおなかです」

和馬は柳橋に佇むおなかを示した。

「おなか……」

「はい。して秋山さまは……」

「文七は、谷中八軒町の裏通りの何処かに潜んでいると、幸吉から報せが来たぜ」

久蔵は告げた。

「谷中の八軒町ですか……」

和馬は、身を乗り出した。

「ああ。幸吉が一人で捜している。おなかは俺が引き受けた。助っ人に行ってくれ」

久蔵は、佇むおなかを見ながら和馬と勇次に命じた。

「心得ました。勇次……」

「はい」

和馬と勇次は、久蔵に会釈をして柳橋の隣りの浅草御門に走った。

久蔵は、柳橋に佇むおなかを見張った。

おなかは、不安げに風呂敷包みを胸に抱き締め、夜の神田川沿いの道を見詰めていた。

久蔵は見張り続けた。

暮六つの鐘が遠くから鳴り響いた。

おなかは、疲れたようにしゃがみ込んだ。

久蔵は見守った。

おなかの肩は、小刻みに震え始めた。

泣いている……。

おなかと亭主の文七は、逢うのは柳橋で暮六つ迄にと決めているのかもしれない。だが、文七は来なかった。

おなかは、文七の身を案じて泣いている。

気の毒に……。

久蔵は哀れんだ。

酔っ払いの浪人が二人、神田川沿いの道を大声をあげながらやって来た。

おなかは、弾かれたように立ち上がり、そそくさとその場を離れた。

久蔵は、素早く物陰に隠れた。
おなかは、隠れている久蔵の前を足早に通って両国広小路に向かった。
久蔵は、おなかを追った。
神田川から櫓の軋みが響いた。

両国広小路から横山町、そして馬喰町《ばくろちょう》、橋本町、元岩井町……。
おなかは、擦れ違う人を避けるかのように暗がりを足早に進んだ。
松枝町の梅の木長屋に帰る……。
久蔵は睨み、おなかが無事に長屋に帰るのを秘かに見届ける事にした。

おなかは、松枝町に帰って来た。
玉池稲荷の前には、夜鳴蕎麦屋の屋台が出ていた。
おなかは立ち止まり、僅かな躊躇いを見せて夜鳴蕎麦屋の屋台に向かった。
久蔵は見守った。

おなかは、夜鳴蕎麦屋の屋台で酒を飲んだ。

酒は淋しさや哀しさを忘れる為なのか……。

久蔵は、物陰から見守った。

「おじさん、お酒、もう一杯、下さいな」

おなかは、一杯の湯呑茶碗の酒で酔った。

「良いのかい、おかみさん……」

夜鳴蕎麦屋の親父は、眉を曇らせた。

「いいんですよ。家に帰ったって誰もいないんだから、ねっ、お酒、もう一杯だけ……」

おなかは、酔った口調で親父に頼んだ。

明るい酒だ……。

久蔵は、おなかの酒癖が意外だった。

「ねっ、おじさん、もう一杯だけ。お願い」

おなかは、親父に再び頼んだ。

「親父、いいじゃあねえか、俺にも一杯くれ」

久蔵は、夜鳴蕎麦屋の屋台に入った。

「へ、へい……」

親父は、久蔵に湯呑茶碗を出して酒を満たした。

「じゃあ、もう一杯だけにしておきなよ」

親父は、おなかの湯呑茶碗に酒を注いだ。

「ありがと、おじさん……」

「礼なら旦那に云うんだな」

「旦那、ありがとうございます」

おなかは、嬉しげに久蔵に頭を下げた。

「何か目出度い事でもあったようだな」

久蔵は、おなかに笑い掛けた。

「でしたら良いんですがね……」

おなかは酒を飲んだ。

「ほう。違うのか……」

「ええ。出て行った亭主が何処でどうしているかと思うと、心配で心配で、お酒でも飲まなきゃあ、いられませんでしてね」

おなかは、酒を見詰めて吐息を洩らした。

「出て行った亭主か。喧嘩でもしたのか……」

「いいえ。喧嘩なんかしませんよ」

「じゃあ、何故に……」

「うちの亭主、馬鹿なんです」

「馬鹿……」

「真面目で頑固で義理堅い馬鹿なんですよ」

おなかは、文七を腹立たしげに罵《ののし》った。

「真面目で頑固で義理堅い馬鹿か……」

「義理ある恩人の恨みを晴らすんだって家を出て行って、何処で何をしているのやら……」

「義理ある恩人の恨みを晴らすか……」

久蔵は眉をひそめた。

義理ある恩人とは、おそらく潰れた茶道具屋『梅鳳堂』の主宗平なのだ。

「でもね旦那。うちの亭主、馬鹿でも真面目な働き者で一途で優しい人なんですよ」

おなかは、先程とは一転して文七を誉めた。

「そうだな。真面目で一途で優しいから、義理ある恩人の恨みを晴らそうとしているのだろうな」

「そうなんですよ旦那。だからあの人……」

おなかは、零れそうになる涙を隠すように酒を飲んだ。

久蔵は、おなかを痛ましく見守った。

「馬鹿なんですよ……」

玉池稲荷の赤い幟旗は、冷たい風に吹かれて微かな音を鳴らした。

「亭主、無事にお前の処に帰って来るように玉池稲荷に祈るんだな」

「旦那、今は神無月、江戸に神様なんかいませんよ」

おなかは、酒を飲みながら涙を零した。

「そうか、神無月だったな……」

久蔵は酒を飲んだ。

四

雲海坊と由松は、船宿『笹舟』に連れ立って帰って来た。

弥平次は、二人を居間で迎えた。

「で、どうだった」

「はい。鍛金師の文七に大友上野介の注文の香炉を作らせたのは、梅鳳堂の宗平って旦那でした」

由松は告げた。

「あっしの方の調べでも、梅鳳堂の旦那の宗平が大友上野介の注文の香炉を作らせた鍛金師は文七だと……」

雲海坊が続いた。

「やっぱり睨み通りか……」

弥平次は頷いた。

「ええ。文七、修業中の身の時から梅鳳堂の宗平旦那に可愛がられ、宗平旦那に鍛えられて一人前の鍛金師になったそうです」

「それから親分、文七のおなかって女房なんですがね。所帯を持つまでは谷中の料理屋で年季奉公をしていたそうでして、それに文七が惚れ、梅鳳堂の宗平旦那に身請金を都合して貰ったって話ですよ」

雲海坊は告げた。

「随分と世話になっているんだな」

弥平次は、文七と『梅鳳堂』主の宗平との拘わりの深さを知った。

「はい。文七夫婦にとって梅鳳堂の宗平旦那は恩人って奴ですね」

雲海坊は頷いた。

「その恩人の旦那が店を潰され、一家心中に追い込まれちゃあ、恨みを晴らしたくもなりますか……」

由松は、文七の腹の内を読んだ。

「それも、自分の作った香炉が口実になっての事だ。堪《たま》らないな」

弥平次は眉をひそめた。

「はい……」

雲海坊と由松は頷いた。

「いや、御苦労だった」

弥平次は、雲海坊と由松を労《ねぎら》った。

「で、親分、文七は……」

「谷中八軒町にいるらしくてな。今、幸吉と勇次が、和馬の旦那と一緒に捜している」

「じゃあ、あっしも行きますぜ」

由松は、身を乗り出した。

「うん。雲海坊、お前は大友屋敷を見張って上野介の動きを出来るだけ探ってくれ」

弥平次は、雲海坊と由松に命じた。


谷中の岡場所は賑わっていた。

幸吉は、駆け付けた和馬や勇次と谷中八軒町の裏通りを見張り、文七が現れるのを待ち続けた。

谷中から神田甲賀町の大友屋敷に行くのには、上野山内の道の他に千駄木《せんだぎ》か入谷《いりや》を廻って行く道筋がある。

和馬、幸吉、勇次は、八軒町の木戸番屋に陣取り、見張りと探索を続けていた。

由松が駆け付けて来た。

和馬、幸吉、由松、勇次は、八軒町の裏通りを出入りする者を見張った。

谷中八軒町の夜は更けた。

由松と勇次は、木戸番と一緒に八軒町の夜廻りをし、文七を捜した。だが、やはり文七は見付からなかった。

「こうなりゃあ、文七が動くのは夜明けですかね」

幸吉は、寝静まった八軒町を眺めた。

「そうかもしれないな。よし……」

和馬は見定め、交代で一寝入りする事にした。

大友屋敷の表門の上の夜空は仄《ほの》かに明るく、火の粉が僅かに飛んでいた。

篝火《かがりび》だ……。

雲海坊は、大友屋敷の表門内に篝火が焚《た》かれ、家来たちが警固をしているのを知った。

文七の襲撃を警戒している……。

雲海坊は、相手が町方の職人であっても侮らない大友屋敷に戸惑った。

傲慢《ごうまん》な高家とは思えない所業だ。

油断のならない奴がいる……。

雲海坊は睨んだ。

表門脇の潜り戸が開き、総髪の武士が現れて鋭い眼差しで門前を見廻した。

雲海坊は、物陰に隠れて己の気配を消した。

総髪の武士は、門前を窺い続けた。

「高木《たかぎ》さま、殿がお呼びにございます」

若い家来が現れ、総髪の武士に告げた。

「うむ……」

高木と呼ばれた総髪の武士は、若い家来と門内に戻って行った。

雲海坊は、深い吐息を洩らした。

「高木か……」

油断のならない奴……。

雲海坊は、高木が油断のならない奴だと読んだ。

冷たい夜風が微かに唸り、大友屋敷の表門内の夜空に火の粉が舞った。


夜明けの冷え込みは、日毎に厳しくなった。

和馬、幸吉、由松、勇次は、薄暗い谷中八軒町の裏通りを見張った。

谷中天王寺の鐘が寅《とら》の刻七つ（午前四時）を告げた。

薄暗い裏通りに人影が現れた。

和馬、幸吉、由松、勇次は緊張し、人影を見詰めた。

人影は、手拭いの頬被りに菅笠を被った文七だった。

「幸吉……」

和馬は、手拭いの頬被りに菅笠の男を文七だと睨んだ。

「ええ、文七です」

幸吉は頷いた。

文七は、八軒町の裏通りを足早に進んだ。

和馬、幸吉、由松、勇次は、遠巻きにするようにして尾行を開始した。

文七は、八軒町を出て上野山内の道を不忍池に向かった。


夜明けの不忍池には、鳥の鳴き声が木霊《こだま》していた。

文七は、不忍池の畔を進んだ。

仁王門前町から下谷広小路に続く道は、西に不忍池の弁天島、東は斜面になって寛永寺の鐘楼堂《しょうろうどう》などが見えた。

文七を人殺しにせず、お縄にする……。

和馬は、幸吉と由松に先廻りをしろと指示した。

幸吉と由松は、東の斜面を迂回《うかい》して文七の先に廻った。

「よし、行くぞ」

「はい」

和馬と勇次は、文七に向かって走った。

文七は、和馬と勇次に気が付いて逃げようとした。だが、行く手に幸吉と由松が立ち塞がった。

文七は、囲まれたのに気付いて立ち竦《すく》んだ。

「鍛金師の文七だな」

和馬は、文七を見据えた。

文七は、慌てて匕首を抜いた。

幸吉、由松、勇次は身構えた。

「文七、高家大友上野介さまを襲った罪で一緒に来て貰う。神妙にしろ」

和馬は告げた。

「い、嫌だ。俺は大友上野介を殺して恨みを晴らすんだ」

文七の握り締めた匕首は、小刻みに震えて煌めいた。

「文七、お前が心中に追い込まれた茶道具屋梅鳳堂の旦那一家の恨みを晴らそうとしているのは良く分かっている。しかし、如何に高家とは云え旗本だ。警固を厳しくしている今、職人のお前に大友上野介さまを討てはしない。襲うのは死にに行くようなものだ。無駄な真似は止めろ」

和馬は云い聞かせた。

「文七さん、お前さんの悔しく哀しい気持ちは、俺たちは皆、分かっている。だけど、和馬の旦那の仰《おっしゃ》る通りだ。此処は神妙にお縄を受けるんだ」

幸吉は、文七を諭した。

由松と勇次は頷いた。

「だけど、だけど、此のままではしつこく因縁を付けた大友上野介には何のお咎めもなく、宗平旦那さまたちは余りにも哀れじゃありませんか……」

文七は、声を震わせて泣いた。

「文七、この一件を扱っているのは、南町奉行所吟味方与力の秋山久蔵さまと仰る方でな。俺たちに、文七、お前を人殺しにするなと命じられた」

「秋山久蔵さま……」

文七は戸惑った。

「うむ。だから、決して悪いようにはしないだろう」

「じゃあ、大友上野介にも……」

文七は眉をひそめた。

「何らかの責めを取らせる筈だ」

和馬は頷いた。

「文七、お前を追った大友上野介の家来を食い止めてくれたのは、秋山久蔵さまだぜ」

幸吉は告げた。

「秋山さまが……」

「ああ……」

幸吉は頷いた。

文七は、その場に座り込み、五体を震わせて嗚咽《おえつ》を洩らした。

和馬、幸吉、由松、勇次は、嗚咽を洩らす文七を見守った。

不忍池の水面は、昇る朝日に眩しく輝いた。

和馬は、鍛金師の文七を南茅場町の大番屋の仮牢に入れ、久蔵に報せた。

久蔵は、大番屋に赴いて文七の詮議を始めた。

文七は、何もかも包み隠さず久蔵に白状した。

高家大友上野介満定襲撃事件は、久蔵の読みの通りだった。

「良く分かったぜ、文七……」

久蔵は微笑んだ。

「秋山さま……」

文七は、久蔵に縋《すが》る眼差しを向けた。

「大友上野介の阿漕《あこぎ》な遣り口、強請集りの外道も顔負けの悪行、見逃しにはしねえ。安心して仮牢で待っていな」

久蔵は告げた。

「はい。秋山さま、梅鳳堂の宗平旦那さまと御家族の恨み、晴らしてやって下さい。どうか、どうか、お願いします」

文七は、久蔵に平伏して頼んだ。

「うむ。これから大友屋敷に行って上野介に問い質《ただ》し、その悪辣《あくらつ》さを見定めて目付に報せ、公儀の裁きを受けさせるぜ。楽しみにしているんだな」

久蔵は不敵に云い放った。

太田姫稲荷の境内には、落葉を掃き集めて燃やす煙りが揺れていた。

大友屋敷は夜が明けて警戒を解き、静寂に包まれた。

雲海坊は見定め、太田姫稲荷の境内の外れの小さな古い茶店で茶漬けを食べていた。

茶店の老亭主が、境内の掃除を終えて首を捻りながら茶店に戻って来た。

「どうしたんだい、お前さん……」

老女房が尋ねた。

「うん。大友さまの御屋敷の前に妙な年増がいるんだよ」

「へえ。何だろうね」

妙な年増……。

雲海坊は気になり、茶漬けの残りを搔《か》き込んだ。

妙な年増……。

雲海坊は、大友屋敷の表門前にいる町方の年増を見守った。

年増は、大友屋敷を心配げに窺っていた。

文七の女房のおなか……。

雲海坊は、町方の年増をおなかだと睨んだ。

文七が心配で来たのか……。

雲海坊は戸惑った。

大友屋敷から富沢たち家来が現れ、おなかを取り囲んだ。

しまった……。

雲海坊は慌てた。


おなかは、逃げる間もなく家来たちに取り囲まれ、立ち竦んだ。

「女、大友家に何か用か……」

富沢は、おなかを厳しく睨み付けた。

「いえ。通り掛かりの者にございます。御無礼致しました」

おなかは、慌てて立ち去ろうとした。

「待て……」

富沢は呼び止めた。

「は、はい……」

おなかは立ち止まった。

「訊きたい事がある。一緒に来い」

富沢は、おなかの腕を摑んだ。

おなかは怯んだ。

「お待ち下さい」

雲海坊は駆け寄った。

おなかは、雲海坊の出現に戸惑った。

「何をしているんだ。太田姫稲荷は向こうですよ。どうもお騒がせ致しました。

申し訳ございませぬ」

雲海坊は詫び、戸惑うおなかを連れて行こうとした。

「待て、坊主……」

総髪の高木が出て来た。

富沢たち家来が、雲海坊とおなかの行く手を塞いだ。

「女、名は何と申す」

高木は、おなかを見据えた。

「お、おなかです……」

おなかは声を震わせた。

「おなかか、亭主は……」

高木は重ねて訊いた。

「お侍さま、おなかさんの御亭主は由松さんと申しましてな……」

雲海坊は嘘偽りを云い、おなかを連れて逃れようとした。

「黙れ、坊主……」

高木は雲海坊を一喝した。

「何事だ、高木……」

大友上野介が、山室を従えて出て来た。

「これは殿、胡乱《うろん》な女と坊主が門前におりましてな」

高木は、大友に告げた。

高家大友上野介……。

雲海坊は見定めた。

刹那、おなかは帯の後ろに隠し持っていた匕首を抜いて大友に体当たりした。

雲海坊は驚いた。

おなかは、大友上野介の腹に深々と匕首を突き刺していた。

「お、女……」

大友上野介は驚き、眼を瞠《みは》った。

高木と山室や富沢たち家来は、突然の事態に呆然と立ち竦んだ。
おなかは、匕首を尚も突き刺した。
大友上野介は、激痛に顔を醜く歪めた。
「おのれ……」
高木は我に返り、慌てておなかに抜き打ちの一刀を放った。
おなかは、背中を袈裟懸けに斬られて仰《の》け反《ぞ》り、よろめきながら倒れた。
大友上野介は崩れ落ちた。
「殿……」
高木と山室や富沢たち家来は、倒れた大友上野介に駆け寄った。
雲海坊は、倒れたおなかを助け起こした。
おなかは、苦しげに呻《うめ》いた。
一刻も早く医者の処に……。
雲海坊は、おなかを肩に担ぐようにして淡路坂を走った。
高木は、雲海坊がおなかを連れ去るのに気付いて追った。
おなかは、背中に血を滲ませて意識を失い掛けていた。

雲海坊は、おなかを連れて必死に淡路坂を下った。
羽織袴の武士と町方の男たちが、淡路坂をあがって来るのが見えた。
「待て、坊主……」
追い縋った高木が、雲海坊に斬り掛かった。
雲海坊は、咄嗟におなかを庇いながら道端に倒れ込んで躱した。
「下郎……」
高木は、満面に怒りを浮かべておなかを庇う雲海坊に刀を振り翳した。
「待て……」
男の怒声が響いた。
高木は、男の怒声のした淡路坂の下を見た。
秋山久蔵が、猛然と駆け上がって来た。
高木は、慌てて久蔵に向き直った。
久蔵は、淡路坂を駆けあがりながら刀の鯉口《こいぐち》を切った。
高木は、迫る久蔵に鋭く斬り掛かった。
久蔵は、身体を僅かに開いて高木の斬り込みを躱した。
高木は久蔵の脇を下り、必死に踏み止《とど》まって振り返った。

刹那、久蔵は抜き打ちの一刀を放った。

淡路坂に血が飛んだ。

高木は、首を横薙ぎに斬られて血を振り撒き、後退《あとずさ》りをして背後に倒れた。

心形刀流の鮮やかな一刀だった。

「大丈夫か、雲海坊……」

久蔵は、雲海坊とおなかに近寄った。

「は、はい。おなかさんが……」

雲海坊は、背中を斬られて意識を失っているおなかを示した。

「うむ。柳橋の、幸吉……」

「はい……」

幸吉は、意識を失っているおなかを背負い、弥平次と共に淡路坂を下って行った。

「雲海坊……」

「はい。おなかさんが大友上野介を刺しました」

「おなかが大友上野介を……」

久蔵は眉をひそめた。

「はい。止める間もありませんでした」

雲海坊は、悔しさを滲ませた。

「そうか……」

久蔵は、神無月には江戸に神様はいないと涙を零したおなかを思い浮かべた。

山室と富沢たち家来が、淡路坂を駆け下りて来た。

久蔵は、山室と富沢たち家来の前に出た。

「高家大友家、御家中の方々とお見受け致す。私は南町奉行所吟味方与力秋山久蔵。御主君大友上野介さまを刺した町方の女は、我らが預かった」

久蔵は云い放った。

「な、なんと……」

富沢は、苛立ちを浮かべた。

「これ以上の騒ぎは、御目付や評定所の扱いになると確と心得られるが良い」

久蔵は、富沢たち家来を厳しく見据えた。

山室と富沢たち家来は怯んだ。

「これなる者は問答無用に斬り付けて来たので斬り棄てた。大友家に拘わりのある者ならば、早々に引き取るが良かろう。ではな……」

久蔵は、山室や富沢たち家来に高木の死体を示し、雲海坊を従えて淡路坂を下った。

風が吹き抜け、淡路坂を下る久蔵の鬢の解れ髪を揺らした。


おなかは、神田須田町《すだちょう》の町医者の許に担ぎ込まれた。

医者は、手当てはしたが、命を取り留めるのは難しいと眉をひそめた。

久蔵は、大番屋の仮牢にいる文七を呼んだ。

文七は、和馬に伴われて駆け付け、意識を失っているおなかに逢った。

おなかの顔には、既に死相が浮かんでいた。

「おなか……」

文七は、意識を失っているおなかを見て涙を零した。

「俺が大友屋敷に行った時、おなかは既に大友上野介を刺し殺し、斬られた後だった」

久蔵は、既に大友上野介の死を確かめており、文七にその事実を告げた。

「おなかが大友上野介を……」

文七は、おなかの顔を見詰めた。

おなかの蒼白な顔は、清絶な美しさを漂わせていた。

「あっしを、あっしを心配して。あっしが人殺しになったり、殺されたりするのを心配して、あっしの代りに。おなか、済まない……」

文七は泣いた。

「お、お前さん……」

おなかは、意識を取り戻した。

「おなか……」

文七は、おなかの手を取った。

「楽しかった。お前さんと一緒になって……」

おなかは微笑んだ。

「おなか……」

文七は、おなかの手を握り締めた。

「お前さん……」

おなかは、微笑みながら息を引き取った。

「おなか……」

文七は、呼び掛けた。だが、おなかの返事はなかった。

「済まない、おなか。済まない……」

文七は詫び、微笑むおなかの遺体に縋って泣き崩れた。

おなかは死んだ……。

久蔵は、静かに手を合わせた。


神無月、江戸に神はいなかった……。

第三話

枕草紙

一

霜月《しもつき》――十一月。

酉《とり》の日には、各所の鷲《おおとり》神社で酉の市が催され、境内には熊手を売る店が並び、商売繁盛を願う参詣人で賑わう。

因みに、熊手は来年の運を自分の家に掻き込む為のものとされる縁起物であり、三の酉迄ある年は火事が多いとされている。


不忍池を覆っていた朝霧が晴れ、烏《からす》の甲高い鳴き声が響き渡った。

羽織を着た男の死体が、不忍池の水面に浮かんでいた。


南町奉行所定町廻り同心神崎和馬は、迎えに来た幸吉と不忍池に急いだ。

「で、仏は町方の男か……」

「はい。見た処、中年のお店者《たなもの》だそうですよ」

「暮れも近付き、借金で首が廻らず、身投げしたってんじゃあないだろうな」

「不忍池に身投げってのは、余り聞いた事がありませんぜ」

「そうだな。じゃあ、酔っ払って立ち小便でもしていて、落ちたのかな」

「となりゃあ、土左衛門ですか……」

「違うかな」

「さあ、どうですか……」

「それにしても、この寒空に水の中で死ぬとは運のない奴だな」

和馬と幸吉は、神田川に架かっている昌平橋を渡り、明神下の通りを不忍池に急いだ。

不忍池の畔には、既に柳橋の弥平次が勇次を連れて来ており、自身番の者や町《ちよう》役人《やくにん》たちと羽織を着た中年男の死体を引き上げていた。

「おはようございます。和馬の旦那……」

弥平次と勇次は、和馬を迎えた。

「やあ。柳橋の親分、勇次……」

和馬は、弥平次たちと挨拶を交わして羽織を着た中年男の死体を検めた。

羽織を着た中年男は、心の臓を突き刺されて死んでいた。

「心の臓を一突きか……」

和馬は、不忍池の水に洗われた羽織を着た中年男の胸の傷を検めた。

「ええ。躊躇った様子もなく、心の臓を一突き、手慣れた奴の仕業《しわざ》ですかね」

弥平次は眉をひそめた。

「きっとな。で、仏さんの身許は……」

「木戸番の庄八《しようはち》さんが、上野北大門町《きただいもんちよう》にある絵草紙屋の主の幸兵衛《こうべえ》さんかもしれないと云って、聞きに行っています」

「そうか。で、此処で争い、不忍池に落ちたか……」

和馬は、辺りを見廻した。

「はい。此処に血と争った跡が……」

弥平次は、畔の小道と草むらを示した。

砂利が飛び、草が踏みにじられ、血が散っていた。

「成る程……」

和馬は、弥平次の睨みに頷いた。

「そして、逃げようとして不忍池に落ちたのか、それとも投げ込まれたのか……」

弥平次は読んだ。

「親分さん……」

木戸番の庄八が、商家のお内儀さんと番頭らしき初老の男を連れて来た。

「どうでした……」

弥平次は、庄八に尋ねた。

「ええ。絵草紙屋の旦那、昨夜、寄合に出掛けたまま戻っていないってんで、お内儀さんと番頭さんに来て貰いました」

木戸番の庄八は、厳しい面持ちで告げた。

「そいつは御苦労さんでしたね。じゃあ……」

弥平次は、緊張した面持ちで佇んでいるお内儀と老番頭を呼んだ。そして、己の身分と名を告げ、和馬を引き合わせた。

「よし。とにかく仏さんを拝んで貰おう……」

和馬は告げ、弥平次が羽織を着た男の死体に掛けてあった筵を捲《めく》った。

お内儀と老番頭は、緊張に震えながら羽織を着た男の死体の顔を覗き込んだ。

「あっ……」

お内儀は、眼を瞠ってその場に座り込んで泣き出した。

「旦那の幸兵衛か……」

和馬は見定めた。

「は、はい。手前共の主の幸兵衛にございます。旦那さま……」

老番頭は、呆然とした面持ちで座り込んだ。

お内儀のすすり泣きが続いた。


不忍池に浮かんだ刺殺死体は、上野北大門町にある絵草紙屋『紅堂《くれないどう》』の主幸兵衛だった。そして、お内儀はおみち、老番頭は彦造《ひこぞう》と云う名前だった。

和馬は、幸兵衛の遺体にお内儀おみちを付き添わせて絵草紙屋『紅堂』に帰し、自身番に番頭の彦造を呼んだ。

「で、幸兵衛、昨夜は寄合に出掛けたそうだが、何処で何の寄合だい」

「はい。旦那さまは、昨夜暮六つから此の先の料理屋の若柳《わかやぎ》で、同業の絵草紙屋の旦那さまたちと……」

老番頭の彦造は告げた。

「で、そのまま帰って来なかったのか……」

「はい。亥の刻四つ（午後十時）が過ぎたので、手代を若柳に迎えにやったのですが、寄合はとっくに終わっていまして……」

「幸兵衛も帰った後だったのか……」

「はい……」

彦造は頷いた。

「幸吉……」

弥平次は、幸吉に目配せをした。

幸吉は頷き、勇次を連れて料理屋『若柳』に走った。

料理屋『若柳』は不忍池の畔の茅町《かやちょう》にあり、幸兵衛の死体のあった処から遠くはない。

「で、彦造、幸兵衛は誰かに恨まれていたような事はなかったかな」

「は、はい。手前の知っている限りでは、なかったと思いますが……」

彦造は、微かな怯えと躊躇いを過ぎらせた。

「そうか……」

和馬は頷き、弥平次を一瞥した。

「処で彦造さん、紅堂、商いの方はどうなんですか……」

「お陰さまで、それなりに繁盛しております」

「そいつは何よりですねえ」

弥平次は笑い掛けた。

「はい。お陰さまで……」

彦造は、弥平次に釣られたように笑みを浮かべた。

絵草紙とは、絵を主体とした通俗的な読み物であり、表紙の色や製本の仕方によって赤本、黒本、青本、黄表紙、合巻《ごうかん》などと呼ばれ、庶民が楽しむものだった。

そして、絵草紙屋は絵草紙の他に役者絵、美人画、風景画、名所絵などの錦絵《にしきえ》なども売っていた。

今の処、幸兵衛が恨まれている様子は浮かばない。

「処で彦造さん、旦那の幸兵衛さんと親しくしていた同業の旦那、分かりますか……」

「はい。旦那さまが親しかったのは、浅草広小路は東仲町《ひがしなかまち》の風林堂《ふうりんどう》の旦那の富次《とみじ》郎《ろう》さまにございますが……」

「浅草東仲町の絵草紙屋風林堂の主の富次郎さんですね」

弥平次は念を押した。

「はい。昨夜の寄合も一緒だった筈です」

彦造は頷いた。

「そうか、良く分かった……」

和馬と弥平次は、老番頭の彦造を絵草紙屋『紅堂』に帰した。

「それにしても、財布が残されている処をみると辻強盗じゃありませんね」

「うん。かと云って、匕首で突き刺す辻斬りがいる筈もないか……」

和馬は苦笑した。

「やっぱり、遺恨ですかね」

弥平次は読んだ。

「違うかな……」

和馬は頷いた。

「親分、和馬の旦那……」

幸吉と勇次が、不忍池の畔の料理屋『若柳』から戻って来た。

「おう。どうだった……」

「はい。紅堂の幸兵衛旦那、同業の旦那衆と暮六つから戌《いぬ》の刻五つ（午後八時）過ぎ迄、寄合に出て帰ったそうです」

「そして、亥の刻四つ過ぎに手代が迎えに来たと……」

幸吉と勇次は告げた。

「番頭の彦造の申し立て通りか……」

和馬は眉をひそめた。

「はい」

幸吉と勇次は頷いた。

「で、若柳での幸兵衛さんに何か変わった様子はなかったのだな」

「はい。その辺を女将や仲居に訊いたのですが、集まった旦那は十人程でして、これと云った揉め事や騒ぎもなく、酔い潰れたり、悪酔いをして暴れるような旦那もいなかったようです」

幸吉は告げた。

「そうか……」

和馬は眉をひそめた。

「幸吉、仏さんは浅草広小路東仲町の風林堂の旦那の富次郎さんと親しく、昨夜も寄合で一緒だった筈だ」

「分かりました。勇次……」

「はい……」

幸吉と勇次は、浅草広小路東仲町の絵草紙屋『風林堂』に急いだ。

「よし。親分、俺は秋山さまに報告する」

「じゃあ、あっしは紅堂の弔いに行ってみます。遺恨の果ての仕業なら、幸兵衛がどんな人柄だったか、ちょいと訊いて来ます」

「うん……」

和馬は頷き、数寄屋橋《すきやばし》御門内の南町奉行所に向かった。

弥平次は和馬を見送り、下谷広小路上野北大門町の絵草紙屋『紅堂』に向かった。


浅草広小路は行き交う人で賑わっていた。

東仲町の絵草紙屋『風林堂』は、広小路に面していて客で賑わっていた。

幸吉と勇次は、客で賑わっている店の隅で旦那の富次郎が来るのを待っていた。

「主の富次郎だが、何かな……」

富次郎は、肥った身体を帳場に納め、幸吉と勇次に胡散臭げな眼を向けた。

どうやら、富次郎は岡っ引を毛嫌いし、蔑んでいるようだった。

「手前共はお上の御用を承っている柳橋の弥平次の身内の者ですが、ちょいと訊きたい事がありましてね」

幸吉は下手に出た。

「へえ、柳橋のね。で、何だい……」

富次郎は、面倒そうに話の先を促した。

「はい。昨夜、上野北大門町の紅堂の幸兵衛さんと寄合で一緒でしたね」

「ああ。それがどうかしたかい……」

富次郎は、微かな戸惑いをみせた。

「で、寄合は戌の刻五つ過ぎに終わったそうですが、幸兵衛さん、それからどうしたのか分かりますか……」

「さあ。幸兵衛さんとは若柳で別れたので知らないね」

「本当ですか……」

幸吉は、富次郎を見据えた。

「ああ。本当だよ」

富次郎は、苛立ちを滲ませた。

「そうですか。良く分かりました。御造作をお掛け致しました。じゃあ御免なすって……」

幸吉は、勇次を促して店を出ようとした。

「良いんですか、兄貴。幸兵衛旦那が殺されたのを教えないで……」

勇次は、富次郎に聞えよがしに云った。

幸兵衛さんが殺された……。

富次郎は、驚きに衝《つ》き上げられた。そして、己の顔から血の気が引いたのを感じた。

「俺たちと話したくないんだ。良いだろう」

幸吉は、苦笑しながら出て行った。

「ま、待ってくれ」

富次郎は、思わず幸吉と勇次を呼び止めた。

幸吉と勇次は、構わず絵草紙屋『風林堂』を出て行った。

「待って下さい」

富次郎は慌てて帳場を降り、足袋跣足《たびはだし》で幸吉と勇次を追い掛けた。

幸吉と勇次は、絵草紙屋『風林堂』を出て裏通りに入った。

「待って、待って下さい」

富次郎は追って来た。

幸吉と勇次は立ち止まった。

富次郎は、幸吉と勇次に駆け寄った。

「こりゃあ風林堂の旦那さま、あっし共に何か用ですかい」

幸吉は、冷笑を浮かべた。

「く、紅堂の幸兵衛さんが殺されたってのは本当ですか……」

富次郎は、驚きに怯えを交錯させた。

「ええ。それがどうかしましたかい……」

幸吉は、富次郎の怯えに気付いた。

何か知っている……。

幸吉の勘が囁いた。

「幸兵衛さん、だ、誰に殺されたんですか」

富次郎は、嗄《しゃが》れ声を上擦《うわず》らせた。

「そいつを突き止めようとしているんですが、何か心当たりはありますか……」

「えっ。いや、別に心当たりなどはありませんが……」

富次郎は、言葉を濁した。

「じゃあ旦那、幸兵衛さんを恨んでいる者は御存知ありませんか」

「恨んでいる者……」

富次郎は、怯えに喉を引き攣らせた。

「ええ……」

「幸兵衛さん、恨まれて殺されたのですか」

「きっと……」

幸吉は、富次郎を見据えて頷いた。

「恨まれて……」

富次郎は、怯えを露にした。

「殺し、幸兵衛さんだけで終わらないかもしれませんぜ」

幸吉は、怯える富次郎を脅した。

「そんな……」

富次郎は、呆然とした様子で絵草紙屋『風林堂』に戻って行った。

「野郎、幸兵衛が殺されたと聞いてころっと態度を変えやがって。それにしても、怯えていましたね」

「うん。富次郎、幸兵衛を恨んでいる奴を知っているし、自分もそいつに恨まれていると思っているのかもしれないな」

幸吉は読んだ。

「ええ……」

勇次は頷いた。

「よし。風林堂の富次郎、ちょいと見張ってみよう」

幸吉は決めた。


下谷広小路は賑わっていた。

上野北大門町の絵草紙屋『紅堂』は、大戸を閉めて『喪中』と書かれた紙を貼っていた。

弥平次は、蕎麦屋の小上がりであられ蕎麦を食べながら窓の外に見える絵草紙屋『紅堂』を見守っていた。

絵草紙屋『紅堂』には、主の幸兵衛の死を知った者たちが弔問に訪れ始めていた。

今の処、弔問客に妙な奴はいないし、店の周囲に不審な者もいない……。

弥平次は見守った。

蕎麦屋の亭主は、戸口から絵草紙屋『紅堂』を眺めて眉をひそめた。

「誰が亡くなったんだい」

弥平次は、亭主に惚けて訊いた。

「旦那ですよ」

「旦那……」

「ええ。幸兵衛さんって云いましてね。商売上手って専らの評判だったんですがねえ」

亭主は眉をひそめた。

「へえ。そうなのかい。で、どうして亡くなったんだい」

「そいつが親方。殺されたそうですぜ」

亭主は声を潜めた。

「殺された……」

弥平次は、亭主に驚いて見せ、話を引き出そうとした。

「ええ……」

亭主は頷いた。

「殺されるような人だったのかい、その幸兵衛って旦那……」

「親方。商売上手ってのは大なり小なり、誰かに恨まれていますよ」

亭主は笑った。

「成る程な……」

弥平次は、蕎麦屋の亭主の慧眼《けいがん》に感心した。

「邪魔するよ」

由松が入って来た。

「いらっしゃい」

亭主は迎えた。

「おう。こっちだ……」

弥平次は、木戸番の庄八に使いを頼んで由松を呼んでいた。

「はい」

由松は、弥平次の前に座った。

「こっちに天麩羅《てんぷら》蕎麦を頼むぜ」

弥平次は、亭主に天麩羅蕎麦を頼んだ。

「へい……」

亭主は板場に入った。

「すみません。絵草紙屋の紅堂ですか……」

由松は、窓の外を一瞥した。

「うん。先ずは蕎麦を食べてからだ……」

弥平次は笑った。


南町奉行所の用部屋には、冬の薄い陽が差し込んでいた。

吟味方与力の秋山久蔵は、和馬から絵草紙屋『紅堂』の主幸兵衛が殺され、不忍池に浮かんだ事を聞いた。

「和馬、そいつはやはり恨みだな」

久蔵は睨んだ。

「秋山さまもそう思いますか……」

「ああ。間違いあるまい」

「殺された幸兵衛は絵草紙屋の主、誰にどんな恨みを買ったのか……」

和馬は眉をひそめた。

「商売絡みかもな……」

「商売絡みと云うと、絵草紙絡みですか……」

和馬は戸惑った。

「うむ。誰かの世間に知られたくない事を面白可笑《おか》しく絵草紙にしたとかな……」

久蔵は苦笑した。

「成る程、そいつは恨まれますね」

和馬は頷いた。

「ああ……」

「分かりました。先ずはその辺りから調べてみます」

「和馬、紅堂の店先で売っている絵草紙だけじゃあなく、裏で売っている奴もな」

「裏で売っている奴……」

「うむ。他人《ひと》さまの世間に知られたくない秘密を書いた絵草紙だ。裏で秘かに売っているかもな……」

久蔵は読んだ。

「心得ました」

和馬は、久蔵に一礼して勢い込んで出て行った。

「絵草紙屋か……」

久蔵は、厳しい面持ちで呟《つぶや》いた。

二

浅草東仲町の絵草紙屋『風林堂』は、様々な絵草紙と錦絵を売っていた。

錦絵は江戸土産《みやげ》として人気があり、参勤交代で国許に帰る大名家の家来や旅人が買い求めていた。

幸吉と勇次は、絵草紙屋『風林堂』を見張っていた。

主の富次郎は、殺された幸兵衛の店のある上野北大門町に駆け付けるかもしれない。

幸吉と勇次は、富次郎が動くのを待った。

刻が過ぎた。

絵草紙屋『風林堂』から、主の富次郎が出て来た。

漸く動く……。

幸吉と勇次は、富次郎が幸兵衛の店のある上野北大門町に行くと読んでいた。

富次郎は、浅草広小路を西に進んで東本願寺の裏門前の三叉路《さんさろ》に出た。

上野北大門町に行くなら南に曲がり、門跡前を新寺町に進む筈だ。

幸吉と勇次は見守った。

富次郎は北に曲がった。そこには、迷いも躊躇いも窺われなかった。

「幸吉の兄貴……」

「うん……」

幸吉と勇次は戸惑った。

北に曲がった富次郎は、金龍山浅草寺《きんりゅうざんせんそうじ》の西側の道を進んだ。

何処に行くのだ……。

幸吉と勇次は、富次郎を追った。

絵草紙屋『紅堂』を訪れる弔問客は増えた。

弥平次は、下谷広小路の茶店に陣取って絵草紙屋『紅堂』を見張り続けた。

由松は、絵草紙屋『紅堂』の周囲に不審な者がいないか見廻った。そして、和馬がやって来たのに気付いた。

「和馬の旦那……」

「おう。いたか……」

「ええ。親分もいますよ」

由松は、和馬を弥平次のいる茶店に案内した。

和馬は、茶を飲みながら久蔵の睨みを弥平次と由松に告げた。

「商売絡み、絵草紙絡みですか……」

弥平次は眉をひそめた。

「うん。それで、幸兵衛が他人の知られては困る秘密を嗅ぎ付け、面白可笑しく絵草紙にして売り、恨まれていたかもしれない……」

「成る程……」

弥平次は、久蔵の睨みに頷いた。

「それで、弔問がてら店にどんな絵草紙があるか見て来ようと思ってな」

「だったら、あっしもお供しますよ」

「そいつはありがたい……」

「由松、引き続き見張りを頼んだぜ」

「はい……」

弥平次は、由松を見張りに残し、和馬と共に絵草紙屋『紅堂』に向かった。

僧侶の読経が続いていた。

和馬と弥平次は、老番頭の彦造に迎えられて安置された幸兵衛の遺体に焼香した。

女房のおみちは、泣き疲れた顔で親類の者たちに支えられていた。

和馬と弥平次は、店に出て並んでいる絵草紙や錦絵を見廻した。

「さあて、それらしい絵草紙はあるかな」

和馬は、台に平積みされている絵草紙を眺めた。

並んでいる絵草紙には、柳亭種彦《りゅうていたねひこ》作で歌川国貞絵の『修紫田舎源氏《にせむらさきいなかげんじ》』を始め、『児雷也豪傑譚《じらいやごうけつものがたり》』や『白縫譚《しらぬいものがたり》』などの人気作もあった。

絵草紙は平仮名で書かれ、絵が主体の十頁程度の短さだ。

和馬と弥平次は、並んでいる絵草紙を検めた。だが、気になる表題の絵草紙は見当たらなかった。

「それらしい絵草紙、ないな……」

和馬は眉をひそめた。

「ええ……」

弥平次は、錦絵も検める事にした。

役者絵、風景画、花鳥画、名所絵などは残し、先ずは美人画を検めた。

美人画は、芸者か遊女を描くのが普通であり、堅気《かたぎ》の娘は原則禁止とされていた。

その堅気の娘の描かれた錦絵はないか……。

弥平次は探した。だが、それらしい錦絵は見当たらなかった。

僧侶の読経が再び始った。

絵草紙屋『風林堂』の主富次郎は、浅草寺西側の道から田畑の中の田舎道を入谷に足早に向かっていた。

幸吉と勇次は追った。

「入谷ですかね」

勇次は、富次郎の行き先を読んだ。

「ああ。親しかった紅堂の幸兵衛の弔いにも行かず、何処に行くつもりかな」

幸吉は眉をひそめた。

「親しかった幸兵衛の弔いより、大事な用ですか……」

勇次は、幸兵衛と富次郎の親しさが疑わしく思えた。

富次郎は、田舎道を足早に抜けて入谷に入った。


入谷鬼子母神《きしもじん》境内の銀杏《いちょう》の木は、既に黄色い葉を散らし尽くしていた。

富次郎は、鬼子母神境内を抜けて裏手に向かった。

鬼子母神に手を合わせていた若い女が、富次郎に気付いて厳しい面持ちで見送った。

幸吉と勇次は、互いに距離を取って続いた。


小さな古い家は、入谷鬼子母神の裏手にあった。

富次郎は、小さな古い家に入って行った。

幸吉と勇次は見届けた。

「誰の家ですかね」

「元は荒物屋のようだな」

幸吉は、小さな古い家の戸口の横に打ち付けられた古い看板を示した。

古い看板には、薄れた墨で『荒物や』と書かれていた。

幸吉と勇次は、元荒物屋に近付こうとした。

刹那、富次郎が血相を変え、元荒物屋の戸口から転がり出て来た。

幸吉と勇次は、咄嗟に隠れた。

富次郎は、激しく震えながら立ち上がり、よろめきながら元荒物屋から離れて行った。

「兄貴……」

「富次郎を追え」

「承知……」

勇次は、富次郎を追った。

幸吉は、開けっ放しになっていた戸口から元荒物屋の中を覗いた。

微かに血の臭いがした。

血……。

幸吉は、元荒物屋に踏み込んだ。

店だった土間の奥にある居間には、男が胸から血を流して倒れていた。

幸吉は、居間にあがって男の様子を窺った。
男は心の臓を一突きにされ、眼をかっと見開いて死んでいた。
殺し……。
幸吉は見定めた。
開けっ放しの戸口を人影が塞いだ。
陽差しが翳った。
幸吉は戸口を見た。
女……。
陽差しを遮るように戸口を塞いだ人影は女だった。
幸吉は、戸口に向かった。
女は、幸吉から逃れるように身を翻した。
幸吉は、戸口に走って外を覗いた。
女が、鬼子母神の境内を駆け去って行った。
若い女……。
幸吉は、駆け去る身のこなしから女を若いと睨んだ。

自身番の店番と木戸番は、殺されていた男を荒物屋の倅《せがれ》の佐吉《さきち》だと見定めた。
佐吉は、老母が病死してから荒物屋を閉め、博奕《ばくち》と酒と女に現《うつつ》を抜かしていた。
その佐吉が、心の臓を一突きにされて殺された。
幸兵衛殺しと同じ手口……。
幸吉は、絵草紙屋『紅堂』幸兵衛殺しを思い出した。
絵草紙屋『風林堂』富次郎は、佐吉とどんな拘わりがあるのか……。
そして、荒物屋を覗いた若い女は何者なのか……。
幸吉は、木戸番に南町奉行所への使いを頼み、荒物屋の居間を調べ始めた。

絵草紙屋『風林堂』富次郎は、入谷から山下を抜けて下谷広小路に出た。
勇次は追って来た。
富次郎は、下谷広小路の雑踏を通って上野北大門町に向かった。
絵草紙屋『紅堂』は、主の幸兵衛の弔いが続いていた。
富次郎は、怯えた面持ちで辺りを窺い、絵草紙屋『紅堂』を訪れた。
勇次は見届けた。
「勇次……」

由松が現れた。

「由松の兄い……」

「誰だ」

由松は、絵草紙屋『紅堂』に入って行った富次郎を示した。

「幸兵衛と親しかった浅草の絵草紙屋風林堂の旦那の富次郎です」

「風林堂の富次郎か……」

「それで兄い、富次郎、此処に来る前に入谷に寄りましてね……」

勇次は、眉をひそめて入谷鬼子母神裏の荒物屋の異変を話し、幸吉が残った事を告げた。

「勇次、向こうの茶店に親分と和馬の旦那がいる。早く報せろ」

由松は、茶店を示した。

「はい……」

勇次は、茶店に急いだ。

凶器と思われる刃物は、佐吉の死体のあった居間や店土間に残されていなかった。

幸吉は、殺《や》った者の残した物がないか探し続けた。

「幸吉……」

和馬が、勇次に誘われて来た。

「こりゃあ、和馬の旦那……」

幸吉は、早くやって来た和馬に戸惑った。

「富次郎、あれから真っ直ぐ絵草紙屋の紅堂に行きましてね。後は親分と由松の兄いに任せて、和馬の旦那をお連れしました」

勇次は告げた。

「そいつは良かった」

「で、幸吉、何があったんだ」

和馬は、血の臭いに気付いた。

「はい。此の家の佐吉ってのが、心の臓を一突きにされて殺されていました」

幸吉は、居間の佐吉の死体の許に和馬を誘った。

「心の臓を一突きか……」

和馬は眉をひそめた。

「ええ。紅堂の幸兵衛殺しの手口と同じです」

「うん。で、殺ったのは、富次郎じゃあないんだな」

「はい。富次郎、入って直ぐに出て来ましたし、驚きようから見て違うと思います」

幸吉は読んだ。

勇次は、幸吉の言葉に頷いた。

「そうか……」

和馬は頷いた。

「それから、若い女が覗きに来ましてね、声を掛けようとしたら逃げられました」

「若い女……」

「はい」

「顔を覚えているか……」

「そいつが、陽差しを背に受けて、顔は暗く、良く分かりませんでした」

幸吉は、悔しげに告げた。

「そうか。して、殺った奴、何か残していかなかったかな」

「そいつが、心の臓を一突きにした刃物もありません」

「そいつも幸兵衛と同じか……」

「ええ……」

「で、殺された佐吉、どんな奴なんだ」

「馬鹿な遊び人ですよ……」

幸吉は、自身番の店番や木戸番に聞いた佐吉の人柄を報せた。

「確かに馬鹿な野郎だな」

和馬は苦笑した。

「和馬の旦那、幸吉の兄貴、こんな物がありましたよ」

勇次は、数枚の枕絵を持って来た。

「枕絵か……」

和馬は、眉をひそめて数枚の枕絵を見た。

数枚の枕絵は、浮世絵の誇張した春画とは違い、実在的で精緻な筆遣いで描かれていた。

「中々のものだな」

和馬は感心した。

「ええ。和馬の旦那、この枕絵に描かれた男、佐吉じゃありませんか……」

勇次は、枕絵に描かれた女を抱いている男の顔が佐吉ではないかと云い出した。

「佐吉……」

和馬は、枕絵に描かれた男の顔と佐吉の顔を見比べた。

「確かに似ていますね」

幸吉は眉をひそめた。

「ああ……」

和馬は、他の枕絵も見た。そして、枕絵に描かれている男のどの顔も佐吉に似ているのを知った。

絵草紙屋『紅堂』の幸兵衛と元荒物屋の佐吉は、絵草紙屋『風林堂』富次郎を通じて繋がる。

「二人を殺った奴は同じだな……」

久蔵は睨んだ。

「やはり……」

「うむ。気になるのは、幸吉が逃がした若い女だ……」

久蔵は、その眼を鋭く輝かせた。

「はい。ま、風林堂の富次郎を締め上げれば何か分かるかもしれません」

「して、富次郎は幸兵衛の弔いに出て浅草の風林堂に戻ったのか……」

「はい。幸吉たちが見張っています」

「よし。遠慮は無用だ。富次郎を大番屋に引き立てろ」

久蔵は命じた。

「はい。ああ、それから秋山さま、殺された佐吉の家にこんな枕絵がありました」

和馬は、一枚の枕絵を差し出した。

「枕絵……」

久蔵は苦笑した。

「ええ。若い男が枕絵を持っていても別に不思議な事はありませんが、描かれている男の顔が佐吉にそっくりなんです」

「佐吉にそっくり……」

久蔵は、眉をひそめて枕絵を見た。

枕絵で絡み合っている男と女の顔は、精緻な筆遣いで実在的に描かれている。

「男が佐吉なら、女は何処の誰なのかな……」

久蔵は、枕絵に描かれている女の顔を見詰めた。

夜の浅草広小路には、夜廻りの打つ拍子木の音が甲高く響き渡った。

和馬は、富次郎を見張っていた幸吉、由松、勇次を従えて絵草紙屋『風林堂』を訪れた。

富次郎は、満面に怯えを浮かべて奥から帳場に出て来た。

「あ、主の富次郎ですが……」

富次郎は、喉を引き攣らせた。

「南町奉行所の神崎だ。富次郎、ちょいと大番屋に来て貰うぜ」

和馬は、厳しく命じた。

「な、何故にございますか……」

富次郎は、昼間の高慢な様子とは違って激しく狼狽えた。

「手前、荒物屋の佐吉に何をしたんだ」

幸吉は、富次郎を見据えた。

「さ、佐吉……」

「ああ。手前が入谷鬼子母神裏の佐吉の家に行ったのは割れているんだ。手前が佐吉を殺ったんだろう」

　幸吉は、富次郎に迫った。

「ち、違います。佐吉は手前が行った時には死んでいました。殺されていたんです」

　富次郎は、必死に声を震わせた。

「じゃあ何故、自身番に報せず逃げたんだ」

「そ、それは……」

　富次郎は云い澱《よど》んだ。

「だから、大番屋でじっくり聞かせて貰おうってんだよ」

　幸吉と由松は、富次郎を帳場から土間に引き摺り降ろした。

　勇次は、素早く縄を打った。


　南茅場町の大番屋の仮牢は、明り取りの高窓から差し込む朝日に僅かに暖かくなった。

　絵草紙屋『風林堂』富次郎は、寒々しい仮牢で眠れない一夜を過ごした。

　和馬は、大番屋に引き立てた富次郎を仮牢に入れて一晩放置した。

富次郎は、寒い仮牢で眠れず、様々な不安に駆られた一晩を過ごした筈だ。

和馬は、富次郎の詮議を始める頃合いを見計らった。


絵草紙屋『風林堂』は、主富次郎が大番屋に引き立てられて店を閉めていた。

久蔵は、弥平次と共に絵草紙屋『風林堂』を訪れた。

お内儀と番頭は、南町奉行所吟味方与力の不意の訪問に混乱した。

「富次郎の部屋を検めさせて貰いますよ」

弥平次は穏やかに告げた。

お内儀と番頭は、久蔵と弥平次を富次郎の部屋に誘った。

富次郎の部屋には、様々な絵草紙や錦絵などが雑多に置かれていた。

久蔵と弥平次は、富次郎の部屋を検め始めた。


詮議場は底冷えがしており、隅には捕物三道具の刺股《さすまた》、袖搦《そでがらみ》、突棒《つくぼう》と、石抱きの石と十露盤《そろばん》、笞打《むちう》ちの笞などの責め道具が置かれていた。

富次郎は、詮議場に引き立てられて来た。

和馬は、座敷の框に腰掛け、幸吉は笞を手にして迎えた。

引き立てて来た小者たちは、富次郎を筵の上に引き据えた。

富次郎は、恐怖に震えた。

和馬と幸吉は、黙って富次郎を見下ろした。

座敷の戸が開き、久蔵が入って来て座った。

和馬と幸吉は、一礼をして久蔵を迎えた。

「そいつが風林堂の富次郎か……」

久蔵は冷笑を浮かべた。

「はい……」

和馬は頷いた。

富次郎は、久蔵が誰なのか分からず恐怖を募らせた。

「よし。じゃあ、容赦は無用だ。始めな」

久蔵は、冷笑を浮かべたまま和馬に命じた。

三

絵草紙屋『風林堂』富次郎の詮議が始った。

和馬は、富次郎を厳しく見据えた。

富次郎は、固くした身を激しく震わせた。

「富次郎、お前と殺された絵草紙屋紅堂幸兵衛、鬼子母神裏に住んでいる佐吉はどんな拘わりだ……」

和馬は訊いた。

久蔵は、富次郎を冷たく見詰めた。

「紅堂の幸兵衛さんは、同業の者同士、親しくお付き合いをさせて戴いておりました」

「佐吉は……」

「佐吉は、時々、絵草紙になるような巷《ちまた》の面白い話を持って来てくれていました」

富次郎は、探るような眼付きで告げた。

「絵草紙になるような巷の面白い話か……」

「はい」

「そいつは勿論、金で買うのだな」

「は、はい……」

「で、昨日は何しに行ったのだ」

「えっ……」

「昨日は親しく付き合っていた幸兵衛の弔いだ。いの一番に行くのが普通だと思うが、その前に入谷の佐吉の家に行った。そいつは幸兵衛の弔いより大事な用があったからなんだろう」

「ち、違います。佐吉は幸兵衛さんにも巷の面白い話を持って行っていましたので、一緒に弔いに行こうと思いまして……」

「誘い合って弔いに行くか、まるで子供の寺子屋通いだな」

和馬は嘲笑った。

富次郎は、己の言葉が信用されていないと知り、項垂れた。

「富次郎、お前は幸兵衛が殺されたのに驚き、慌てて佐吉に何事かを相談に行った。しかし、その佐吉も殺されていた。そうだな……」

和馬は、富次郎を見据えた。

「はい……」

富次郎は、観念したように頷いた。

「富次郎、幸兵衛と佐吉を殺したのは、同じ奴の仕業だと思うか……」

「そして、次は自分が殺されると思っている。そうだな富次郎……」

「はい……」

「神崎さま……」

富次郎は、和馬に縋るような眼を向けた。

「富次郎、それはこいつに拘わりがあるのかな……」

和馬は、佐吉の家から押収した枕絵を差し出した。

富次郎は、枕絵を見て怯んだ。

やはり、拘わりがある……。

和馬は、富次郎を厳しく見据えた。

「拘わりがあるんだな」

「はい。きっと……」

富次郎は頷いた。

「枕絵に描かれている男は、佐吉だな」

「はい……」

枕絵の男は、睨み通り佐吉だった。

「ならば、女は誰だ」

「女は、確かおはつとか……」

「おはつ……」

「はい……」

「おはつの素性と何処に住んでいるかは……」

「存じません」

富次郎は、首を横に振った。

「富次郎……」

和馬は、富次郎を睨み付けた。

「神崎さま、その枕絵は佐吉が持ち込んで来た話なんです」

富次郎は慌てて告げた。

「佐吉が持ち込んだ話だと……」

「はい。金をくれれば、自分とおはつの枕絵を作って良いと。それで乗った話なんです」

絵草紙屋『風林堂』富次郎は、佐吉とおはつと云う女の絡んだ枕絵を作って秘かに売り出した。精緻で実在的な筆遣いで描かれた枕絵は、好事家《こうずか》たちに好評で富次郎は大儲けをした。

「お前と佐吉の拘わりは良く分かった。だが、殺された幸兵衛はどうなんだ」

「幸兵衛さんは……」

富次郎は云い澱んだ。

「こいつかい……」

久蔵は、座敷から富次郎の前に一冊の絵草紙を放った。

絵草紙の表紙には半裸の若い女が描かれており、『好色春乃嵐』の表題があった。

「こ、これは……」

富次郎は、絵草紙『好色春乃嵐』を呆然と見詰めた。

「お前の部屋にあった絵草紙、枕草紙だ」

久蔵は笑った。

和馬と幸吉は、絵草紙『好色春乃嵐』を開いた。

平仮名で書かれた短い説明文があり、若い女を若い男と中年男が二人で手込めにしている絵が精緻で実在的な筆遣いで描かれていた。

絵師は、佐吉とおはつの枕絵を描いた者と一緒だと思われた。そして、描かれている若い男は佐吉だった。

和馬と幸吉は、描かれている中年の男を見て驚いた。

中年の男は、殺された絵草紙屋『紅堂』の幸兵衛に良く似ていた。

「こいつは……」

幸吉は気付き、眉をひそめた。

「ああ。殺された幸兵衛だ」

和馬は、描かれている中年男が幸兵衛だと見定めた。

「やはり、幸兵衛か……」

久蔵は、框に出て来た。

「はい。若い男は佐吉、中年の男は幸兵衛に違いありません」

和馬は頷いた。

「どうだ富次郎、そうなのか……」

「はい。佐吉と幸兵衛さんです」

富次郎は頷いた。

「して、女は何処の誰だ……」

久蔵は、富次郎を厳しく見据えた。

「女は、本郷は北ノ天神門前の茶店に奉公しているおみなと申す娘です」

「北ノ天神門前の茶店に奉公しているおみなか……」

「はい。佐吉が連れて来まして……」

「その枕草紙を見る限りじゃあ、嫌がるおみなを佐吉と幸兵衛が無理矢理に手込めにしているようだな」

久蔵は睨んだ。

「は、はい。幸兵衛さんがどうせ枕草紙を作るのなら、今迄にないような物を作ろうと云い出しまして……」

富次郎は苦しげに告げた。

「それで、佐吉と幸兵衛が二人掛かりでおみなを手込めにして弄《もてあそ》び、そいつを描いて枕草紙を作ったのか……」

「はい……」

富次郎は項垂れた。

「して富次郎、おみなの家は何処だ」

「おみなの家は、湯島四丁目の円満寺の裏の長兵衛長屋ですが……」

富次郎は云い澱んだ。

「どうした……」

「おみなは、おみなは大川に身投げを……」

富次郎は項垂れた。

おみなは、佐吉と幸兵衛に手込めにされて枕草紙を作られたのに絶望し、大川に身投げをしたのだ。

「身投げ……」

久蔵は、微かな怒りを過ぎらせた。

「はい……」

「そいつはいつの事だ」

「半年前です……」

「半年前……」

「はい」

「間違いないな」

「はい」

「で、こいつを描いた絵師は何処の誰だ」

「絵師……」

「そうだ。絵師は何処の誰だ」

「そ、それは……」

「富次郎、お前が此処で愚図愚図している間に絵師は殺されるかも知れねえぜ」

久蔵は苦笑した。

「殺される……」

富次郎は狼狽えた。

「ああ。手込めにした佐吉と幸兵衛。そいつを絵に描いた絵師、そして、枕草紙として売り捌《さば》いた絵草紙屋、つまり富次郎。次は絵師かお前だ」

久蔵は、富次郎を侮りを浮かべて見据えた。

富次郎に言葉はなかった。

「富次郎、お前は此処にいる限り、狙われも殺されもしない。だが、絵師は違う。幸兵衛、佐吉に続く三人目になる」

久蔵は言い聞かせた。

富次郎は、喉を引き攣らせた。

「そして今、お縄にしなければ、たった一人残ったお前は生涯、命を狙われ続ける。それで良いのだな」

久蔵は冷たく笑った。

「喜多川宗春《きたがわそうしゅん》、家は根岸の時雨《しぐれ》の岡の傍です」

富次郎は、がっくりと肩を落とした。

「よし。和馬、此迄だ……」

久蔵は、和馬に告げた。

「はい。富次郎を仮牢に戻せ」

和馬は、引き立てて来た小者たちに命じた。

小者たちは返事をし、富次郎を引き立てて詮議場を出て行った。

「秋山さま……」

和馬は意気込んだ。

「うむ。根岸の時雨の岡、喜多川宗春だ」

久蔵は、刀を手にして立ち上がった。

久蔵は、柳橋の弥平次に湯島四丁目の長兵衛長屋に行き、おみなについて調べるように命じた。そして、和馬と幸吉を従えて根岸に急いだ。

長兵衛長屋は、湯島四丁目の円満寺の裏にあった。

弥平次は、由松と勇次を連れて長兵衛長屋に急いだ。だが、長兵衛長屋に身投げしたおみなの家族はいなかった。

弥平次は、由松と勇次におみなとその家族に関する聞き込みを命じ、大家の金《きん》蔵《ぞう》の許を訪れた。


大家の金蔵は、柳橋の弥平次の名を知っていた。

「可哀想な話ですよ。おみなちゃん、働き者で気立ての良い娘だったのに……」

大家の金蔵は、身投げをしたおみなを哀れんだ。

「で、金蔵さん、おみなはどうして身投げしたのか御存知ですか……」

「聞いた話じゃあ、悪い男に騙《だま》されたらしいですよ」

金蔵は眉をひそめた。

「悪い男にねえ……」

弥平次は、大家の金蔵が詳しい事を知らないと読んだ。

「ええ……」

「で、金蔵さん、おみなに家族は……」

「浪人だった父親の佐《さ》橋《はし》さんが病で亡くなってからは、母親のおよしさんと一つ違いの妹のおしのちゃんと、三人仲良く暮らしていたんですがね」

「おみなの父親、浪人だったんですか……」

「ええ。傘張りから看板、代筆迄やっていましてね。やっとうの方もかなりのものでした」

「そうですか……」

おみなは、腕に覚えのある浪人の娘だった。

「で、母親と妹を残して大川に……」

「ええ。厩河岸に草履《ぞうり》とおよしさんに先立つ不孝を許してくれと書置きを残しましてね」

「草履と書置きですか。で、死体はあがったんですか」

「さあ、あの頃は見付かっていませんでしたが、もう見付かったかもしれませんん」

「見付かったかもしれない……」

「ええ。およしさんとおしのちゃん、おみなちゃんが身投げした後、直ぐに引っ越しをしましたから、そっちに報せが行っているのかもしれません」

「およしさんとおしのちゃんの引っ越し先は御存知ですか……」

「亀戸《かめいど》天神の近くの天神長屋の筈です」

「湯島から亀戸ですか……」

「ええ……」

「随分、遠くに越したんですねえ」

弥平次は戸惑った。

「何でも亀戸に遠い親類がいるとか……」

「そうですか……」

弥平次は、大家の金蔵に礼を云って長兵衛長屋に戻った。


長兵衛長屋では、由松と勇次が聞き込みを終えて待っていた。

「どうだった……」

「はい。長屋のおかみさん連中や近所の八百屋や豆腐屋に聞いたんですが、おみなの評判は良いですね」

「そうだろうな」

「ですから、おみなが身投げをしたのを驚き、みんな同情していましたよ」

「うん。おみなの家族はおよしと云う母親とおしのって一歳下の妹の二人だが、おみなが身投げをした後、亀戸の天神長屋に越したそうだ。これから亀戸に一っ走りしてくれ」

弥平次は命じた。

「承知しました」

由松と勇次は、亀戸に急いだ。


根岸の里は東叡山《とうえいざん》寛永寺の北、上野の山陰にあり、幽趣《ゆうしゅ》に富んでいて文人墨客《ぼっかく》が多く住んでいた。

久蔵、和馬、幸吉は、根岸の里時雨の岡に急いだ。

時雨の岡には御行《おぎょう》の松と不動尊の草堂があり、石神井川《しゃくじいがわ》用水が流れていた。

久蔵、和馬、幸吉は、絵師の喜多川宗春の家を探した。

「秋山さま、和馬の旦那。喜多川宗春の家は此の先だそうです」

幸吉は、土地の者に聞いて駆け戻って来た。

「よし……」

久蔵は、喜多川宗春の家に向かう時、若い女が時雨の岡の不動尊の草堂に手を合わせているのに気付いた。

若い女は、不動尊の参拝を終えて足早に立ち去って行った。

まさか……。

久蔵は、幸吉の逃げられた若い女を思い出した。

「秋山さま……」

幸吉が、行く手の仕舞屋から呼んだ。


仕舞屋は垣根で囲まれ、庭先から石神井川用水と時雨の岡が眺められた。

「御免。南町奉行所の者だが、誰かいないか」

和馬は、庭の木戸越しに仕舞屋に声を掛けた。だが、返事はなく、障子も閉められたままで開く気配はなかった。

「誰もいないんですかね」

幸吉は眉をひそめた。

「構わねえ。踏み込め」

久蔵は命じた。

和馬と幸吉は、木戸から仕舞屋の庭に入り、縁側にあがって障子を開けた。

開けられた障子の内は、画室らしく毛氈《もうせん》が敷かれ、多くの顔料や筆があり、描き掛けの絵があった。

描き掛けの絵は、精緻で実在的な筆遣いで描かれていた。

枕絵と同じ……。

久蔵は見定めた。

血の臭いがした。

和馬と幸吉は、襖を開けて次の間を覗いた。

次の間は、絵に描く相手に姿勢を取らせる場所であり、蒲団《ふとん》がこんもりとしていた。

血の臭いは、蒲団の中から漂っていた。

「和馬、幸吉……」

久蔵は、厳しい面持ちで和馬と幸吉に掛蒲団を取るように命じた。

和馬と幸吉は頷き、掛蒲団を剝《は》がした。

蒲団の中には、初老の男が顔を歪めて血塗《ちまみ》れになって死んでいた。

おそらく殺した者が、死体に掛蒲団を掛けて立ち去ったのだ。

「喜多川宗春ですかね」

和馬は眉をひそめた。

久蔵は、死んでいる初老の男の手の指を検めた。

手の指の爪の間には、僅かな顔料が窺えた。

「宗春に間違いあるまい」

久蔵は見定めた。

絵師の喜多川宗春は、幸兵衛や佐吉同様に心の臓を一突きにされて殺されていた。

「心の臓を一突き、同じ手口ですね」

「ああ。遅かったな」

久蔵は頷いた。

「秋山さま……」

幸吉は、画室の隅に血の足跡を示した。

「足跡か……」

「はい。血を踏んだ後の足跡で爪先ですが、幅は二寸ちょっとですか……」

幸吉は読んだ。

「二寸ちょっとの爪先の足幅か……」

男の足幅なら三寸はある筈だ。

「はい。二寸ちょっとの細身の足幅となると……」

「女か……」

久蔵は眉をひそめた。

「違いますかね」

幸吉は、入谷で逃げられた女を思い出していた。

「いや。おそらく幸吉の睨み通りだ」

久蔵は頷いた。

「やっぱり……」

「うむ。此処に来る時、時雨の岡の不動尊に若い女が手を合わせていた」

「若い女が……」

「うむ。で、直ぐに立ち去ったが……」

久蔵は、時雨の岡の不動尊の草堂の前から足早に立ち去った若い女を思い浮かべた。

「佐吉の家を覗いた若い女かもしれねえな」

久蔵は読んだ。

「身投げしたおみなに拘わりのある者なんでしょうね」

「間違いあるまい……」

久蔵は、厳しい面持ちで頷いた。

幸兵衛と佐吉に続き、絵師の喜多川宗春が心の臓を一突きにされて殺された。

三件の殺しに共通するものは、茶店娘のおみなを手込めにして作った枕草紙であり、若い女が絡んでいると云う事だ。

「もし、若い女が幸兵衛、佐吉、喜多川宗春を殺ったとしたなら、大の男が三人、揃いも揃って心の臓を一突きにされますかね」

和馬は首を捻った。

「分からないのはそこだが、最初の幸兵衛はともかく、佐吉は幸兵衛が殺されたのを知らず、喜多川宗春は幸兵衛と佐吉が殺されたのを知らない内を狙えば、近付くのは容易だし、不意を突けば出来ぬ事でもあるまい」

「成る程。となると若い女は、おみなの身近にいた者ですかね」

久蔵は読んだ。

「例えば姉や妹ですか……」

幸吉は睨んだ。

「うん。おみなにいるのかな姉妹……」

「和馬、幸吉、大川に身投げしたおみなの死体、見付かっているのかな……」

久蔵は、ささやかな疑問を覚えた。

四

本所《ほんじょ》亀戸天神は菅原道真の子孫が建立したと伝えられており、藤の花の名所として名高かった。

由松と勇次は、亀戸天神前の亀戸町の自身番を訪れ、天神長屋の場所を尋ねた。

天神長屋は、横十間川《よこじつけんがわ》に架かっている天神橋の傍の亀戸町にあった。

「で、その天神長屋におよしとおしのと云う名の母娘が住んでいる筈なんですが……」

由松は尋ねた。

「およしさんにおしのさんですか……」

自身番の店番は、町内の名簿を調べて眉をひそめた。

「どうしました……」

「そいつが、天神長屋におよしさんとおしのさんって人はいないんだよ」

店番は、戸惑いを浮かべた。

「いない……」

由松と勇次は驚き、思わず顔を見合わせた。

「ああ。この通り、天神長屋におよしさんとおしのさんは住んでいないよ」

店番は、町内名簿の天神長屋の頁を開いて由松と勇次に見せた。

天神長屋の住人たちの中に、およしとおしのの名前はなかった。

「由松の兄い……」

勇次は眉をひそめた。

「ああ。天神長屋に行ってみよう」

由松と勇次は、天神長屋に急いだ。


大川の流れは、冬の陽差しに鈍色に輝いていた。

久蔵は、殺された絵師の喜多川宗春の始末を和馬と幸吉に任せ、柳橋の船宿『笹舟』を訪れた。

弥平次は、湯島四丁目の長兵衛長屋から戻って来ていた。

久蔵は、絵師の喜多川宗春が殺されていたのを告げた。

「遅かったのですか……」

「ああ。運のない野郎だ」

久蔵は苦笑した。

「やった事を考えれば、今迄が運が良すぎたのかもしれませんよ」

弥平次は、厳しく云い放った。

そこには、お糸と云うおみなと同じ年頃の養女を持つ父親の顔があった。

「で、おみなの事、何か分かったか……」

「はい。おみなは浪人の父親が亡くなり、母親のおよしと妹のおしのの三人で暮らしていましてね」

「母親と妹……」

久蔵は眉をひそめた。

「はい……」

弥平次は戸惑った。

「妹、幾つだ」

「一歳違いだと聞きましたが……」

「一歳違いか……」

身投げをしたおみなが二十一歳なら、妹のおしのは二十歳になる。

妹のおしのなのか……。

久蔵は、時雨の岡の不動尊に手を合わせていた若い女を思い出した。

「それで柳橋の、おみなの母親と妹、今何処にいるのだ」

「そいつが、おみなが身投げした後、亀戸に母娘一緒に引っ越したそうでしてね。由松と勇次が行っています」

弥平次は告げた。

「そうか、亀戸に越していたか……」

「はい。秋山さま、そいつが何か……」

「うん。入谷の佐吉の家を覗いた若い女らしいのが、根岸の時雨の岡にもいてな」

「それで、妹のおしのですか……」

「ああ……」

「じゃあ秋山さま。一連の殺しは、妹のおしのが姉のおみなの恨みを晴らす為の仕業だとお考えですか……」

「そいつもあるなって処だ」

「成る程……」

「それから柳橋の。身投げしたおみなの死体は見付かっているのかな」

久蔵は眉をひそめた。

「身投げをした半年前には、死体は見付からなかったそうですが、その後、どうなったかは分かりません」

「そうか。よし、その辺の処を詳しく調べてみてくれ」

「承知しました」

弥平次は頷いた。


およしとおしの母娘がいるのは、天神長屋ではないのかもしれない……。

由松と勇次は、長兵衛長屋の大家の聞き間違いの場合を考え、天神長屋以外の長屋も調べる事にした。

亀戸町に長屋は幾つかあった。

由松と勇次は、亀戸町の木戸番に案内して貰って長屋を訪ね歩き、およしとおしの母娘を捜した。だが、何処の長屋にもおよしとおしの母娘はいなかった。

由松と勇次は、およしとおしの母娘を捜し歩き続けた。

陽は沈み始め、亀戸天神の大屋根は眩しく輝いた。


月番の南町奉行所は、朝から公事《くじ》訴訟の者たちが訪れていた。

久蔵は用部屋に入った。

和馬が、待ちかねたようにやって来た。

「おはようございます」

「おう。どうした」

久蔵は迎えた。

「絵師の喜多川宗春殺しですが、昨日、宗春の家に入って行く若い女を見掛けた者がいました」

「やはり若い女か……」

久蔵は、小さな笑みを浮かべた。

「はい。宗春を殺したのに違いありません」

和馬は勢い込んだ。

「だとしたら、若い女、何処の誰だ」

「昨日、帰りに笹舟に寄り、柳橋の親分からおみなの母親と妹の事を聞きました。若い女はおそらく妹のおしのかと……」

和馬は睨んだ。

「で、母親のおよしと妹のおしの、由松と勇次は見付けたのか……」

「それが、亀戸にはいないようなんです」

「いない……」

久蔵は眉をひそめた。

「ええ。由松と勇次が亀戸の長屋と云う長屋を捜し廻ったそうですが、何処の長屋にもいないので、今日は亀戸にいる筈の遠い親類を捜してみると……」

「そうか……」

久蔵は頷いた。

「秋山さま……」

小者がやって来た。

「何だ……」

「柳橋の弥平次さんがお目通りを願っております」

小者は告げた。

「おう。通しな……」

「はい……」

小者が下がり、入れ替わるように弥平次がやって来て朝の挨拶をした。

「ま、入ってくれ」

久蔵は、弥平次を用部屋に招いて手焙《てあぶ》りを勧めた。

「畏れいります」

「で、おみなの死体か……」

久蔵は、弥平次の用件を読んだ。

「はい。今朝一番で永代橋の船番所に行って来たのですが、此処半年、おみなと思われる若い女の溺死体《できしたい》は引き上げていないそうです」

「船番所迄の橋番や船着場で引き上げられたってのは……」

「ありません」

弥平次は、首を横に振った。

「じゃあ、おみなの死体は見付かっていないのだな」

「はい……」

弥平次は、久蔵を見詰めて頷いた。

「そうか……」

久蔵は冷笑を浮かべた。

「秋山さま……」

和馬は、久蔵に怪訝な眼を向けた。

「幸兵衛、佐吉、喜多川宗春たちが殺されたのが、おみなに拘わりがあるのならば、残るは大番屋にいる絵草紙屋風林堂富次郎だけだな」

「はい……」

和馬は頷いた。

「よし、富次郎を放免するぜ」

「えっ……」

和馬は戸惑った。

「誘《おび》き出しますか……」

弥平次は、久蔵の腹の内を読んだ。

「ああ。身から出た錆《さび》だ。富次郎には餌《えさ》になって貰うぜ」

久蔵は、冷たく云い放った。

絵草紙屋『風林堂』富次郎は、南茅場町の大番屋から放免された。

富次郎は、南茅場町から両国を抜け、神田川を渡って蔵前の通りから浅草東仲町の絵草紙屋『風林堂』に帰る。

若い女は、その道筋の何処かで現れるかもしれない。もし、現れなくても、いつか必ず富次郎に襲い掛かる筈だ。

その時、お縄にする……。

久蔵はそう企て、富次郎に絵師の喜多川宗春が殺された事を教えた。

次は自分の番だ……。

富次郎には、放免された安堵と喜びはなかった。あるのは、殺されるかもしれないと云う恐怖だけだった。

擦れ違う者を警戒し、足早に追い抜いていく者に怯え……。

富次郎は、恐怖に苛《さいな》まれながら両国広小路に向かった。

久蔵は見守った。


両国広小路は賑わっていた。

富次郎は、眼の前を行き交う大勢の人が恐ろしかった。

幸兵衛、佐吉、喜多川宗春を殺した者が大勢の人の中から現れ、襲い掛かってくるかもしれない……。

富次郎は、両国広小路の雑踏を横切って浅草御門に行くのを恐れ、迷い躊躇った。

どうする……。

富次郎は、迷い躊躇った挙げ句、両国広小路を嫌って神田川に架かる新シ橋に向かった。

迂回する気だ……。

久蔵は、富次郎に続く若い女を捜した。

新シ橋を渡った富次郎は、神田川北岸の道を東に進んだ。

富次郎を追う若い女はいない……。

久蔵は、微かな戸惑いを覚えた。

富次郎は、浅草御門を迂回して蔵前の通りに出た。そして、浅草広小路に急いだ。

町家の家並みの奥に武家屋敷があり、浅草御蔵の大屋根が見えた。

浅草御蔵の前には、大川に流れ込む鳥越川があった。

浅草東本願寺の西を流れる新堀川が、三味線堀から続く鳥越川と合流して蔵前の通りを横切り、大川に流れ込んでいる。そして、蔵前の通りを横切る鳥越川には、鳥越橋が架かっていた。

鳥越橋を渡ると、東側に広大な浅草御蔵が続いている。

富次郎は、鳥越橋を渡り始めた。

久蔵は続いた。

若い女が、不意に鳥越橋の袂から現れた。

富次郎は若い女に気付き、鳥越橋の真ん中で立ち止まった。

現れた……。

久蔵は地を蹴った。

和馬が物陰から現れ、鳥越橋に猛然と走った。そして、勇次が呼子笛を吹き鳴らして続いた。

秘かに露払いをしていた幸吉と由松は、身を翻して鳥越橋に駆け戻った。

若い女は、鳥越橋に立ち尽した富次郎に足早に近付いた。

富次郎は、迫って来る若い女の顔をみて愕然《がくぜん》として立ち竦んでいた。

富次郎は、若い女が大川に身投げしたおみなに瓜二つなのに気付いたのだ。
「お、おみな……」
若い女は、帯の後ろから匕首を抜いた。
「わ、悪かった。俺が悪かった。おみな、勘弁してくれ。許してくれ」
富次郎は、立ち竦んだまま叫んだ。
若い女は、匕首を構えて富次郎に鋭く突き掛かった。
刹那、駆け寄った久蔵が富次郎を突き飛ばした。
突き飛ばされた富次郎は、左肩から血を飛ばしながら鳥越橋の欄干に倒れ込んだ。
若い女は驚いた。
久蔵は、欄干に倒れ込んでいる富次郎を庇うように立った。
若い女は怯んだ。
匕首の鋒《みね》から血が滴《したた》り落ちた。
和馬、幸吉、由松、勇次が、若い女を取り囲んだ。
若い女は、匕首を握り締めて顔を歪めた。
その顔は、喜多川宗春の描いた佐吉と幸兵衛に手込めにされて顔を歪めるおみなと同じだった。

「おみなだな……」

久蔵は、若い女をおみなと見定めた。

おみなは、血に濡れた匕首を構えて久蔵を睨み付けた。

「そうです、おみなです。おみなは死んだ振りをして、みんなを殺したんです」

富次郎は、斬られた肩から血を流し、喉を引き攣らせ嗄れ声を震わせた。

「煩せえ、黙っていろ」

久蔵は、富次郎を厳しく一喝した。

富次郎は、思わず身を縮めた。

「富次郎、命を狙われた被害者面をする前に、手前が薄汚ねえ外道だってのを忘れるんじゃあねえ」

久蔵は、冷たく笑った。

富次郎は、項垂れて震えた。

「おみな、お前、自分で自分の恨みを晴らしたいのかい」

久蔵は笑い掛けた。

「ええ。その一念で恥を晒《さら》して生きて来たんです。富次郎が生きている限り、私の恨みは晴れないんです」
おみなは、哀しげな笑みを浮かべた。
「そうだろうな。お前の気持ちは良く分かるぜ……」
久蔵は頷いた。
「じゃあ、邪魔をしないで下さい」
おみなは、久蔵に匕首を一閃《いっせん》した。
久蔵は、跳び退いておみなの匕首を躱した。
おみなは、匕首を構えて富次郎に迫った。
富次郎は、頭を抱えて蹲った。
おみなの匕首が煌めいた。
刹那、久蔵は踏み込み、抜き打ちの一刀を放った。
おみなは、腕を斬られて血を飛ばした。
「これ迄だ」
久蔵は、おみなを見据えた。
次の瞬間、おみなは握り締めていた匕首を己の胸に突き刺した。
久蔵に止める間はなかった。

おみなは胸に血を滲ませ、鳥越橋の欄干を乗り越えて鳥越川に仰向けに落ちた。

水飛沫が跳ね上がって煌めき、赤い血が流れに湧いた。

おみなは、大川に向かって流れた。

「幸吉、勇次、舟だ」

久蔵は命じた。

「承知……」

幸吉と勇次は、鳥越橋の下の船着場に駆け下りた。

「和馬、由松、富次郎を大番屋に戻しな」

久蔵は、蹲って震えている富次郎を一瞥した。

「心得ました。由松……」

「はい。さあ、立つんだぜ」

由松は、富次郎を立たせた。

「行くぜ」

和馬と由松は、富次郎を連れて南茅場町の大番屋に向かった。

久蔵は、鳥越橋から鳥越川を見下ろした。

勇次の操る猪牙舟は、幸吉を乗せておみなを追って行った。

久蔵は見送った。


幸吉と勇次は、おみなを鳥越川の流れから猪牙舟に引き上げた。

おみなは、意識を失っていた。

幸吉と勇次は、取り敢えずおみなに水を吐かせて柳橋の船宿『笹舟』に運んだ。

おまきとお糸は、医者を呼んだ。

駆け付けた医者は、おみなの胸の刺し傷が辛うじて心の臓から外れていると見定め、手当てをして帰った。

おみなは、命を取り留めた。


久蔵は、おみなの枕元に座った。

意識を失ったままのおみなの眼から涙が溢《あふ》れ、頬を伝って流れ落ちた。

久蔵は哀れんだ。

僅かな刻が過ぎた。

おみなは、意識を取り戻した。

「おう。気が付いたか……」

久蔵は笑い掛けた。

「此処は……」

おみなは、怪訝な面持ちで久蔵を見詰めた。

「あの世だぜ」

「あの世……」

「ああ。おみなは半年前に厩河岸から大川に身投げした。今頃、死体は江戸湊《えどみなと》の底。死人がいるのは、あの世に決まっているぜ」

「で、でも……」

「おみな、俺は半年も前に身投げをして死んだ者をお縄にし、裁きに掛ける程の野暮じゃあねえ。さっさと成仏《じょうぶつ》するんだな」

「成仏……」

「ああ、さっさと成仏して、母親のおよしと妹のおしのがいる処に帰るんだぜ」

久蔵は笑った。

「ですが、私は幸兵衛や佐吉、宗春を殺《あや》めたんです」

おみなは、犯した罪を償う為に己の胸に匕首を突き刺して自害をしようとしたのだ。

「幸兵衛、佐吉、宗春は、身投げをしたおみなの祟《たた》りでも受けたんだろう」

久蔵は云い放った。

おみなは、零れそうになる涙を堪《こら》えた。

「絵草紙屋風林堂の富次郎は、素人娘を手込めにして御禁制の枕草紙を作った罪で厳しく裁く。安心するんだな」

「はい……」

おみなは、大粒の涙を零した。

「じゃあな……」

久蔵は、おみなを残して座敷を出た。

おみなは、嗚咽を洩らした。

久蔵は、おみなの嗚咽を背に受けて『笹舟』の帳場に向かった。

船宿『笹舟』の暖簾は、冬の寒さに微かに揺れていた。

久蔵は、寒さに満ちた柳橋に佇んだ。

冬色の神田川には、散り遅れた色鮮やかな紅葉が一枚、静かに流れていった。

第四話

煤払い

一

師走――十二月。

八日から新年を迎える仕度が始り、十三日は煤払《すすはら》いだ。

歳の市は十四日の深川八幡宮を皮切りに場所を替えて立ち、最も賑やかなのが浅草観音の市であり、羽子板市と呼ばれていた。

八丁堀岡崎町秋山屋敷の前庭には、大助《だいすけ》の裂帛《れっぱく》の気合いが甲高く響いていた。

大助は、父親久蔵に作って貰った短い木刀を懸命に振り下ろしていた。

「精が出ますね、大助さま……」

老下男の与平《よへい》は、横手の台所から出て来た。

「うん……」

大助は、張り切って木刀を振り下ろした。

「怪我をしないように気を付けるんですよ」

与平は、屋敷の表門に向かった。

「じじちゃん、何処かに行くの……」

大助は、素振りの手を止めて与平に訊いた。

「ええ、奥さまの使いでちょいと……」

「おいらも連れてって……」

大助は、与平に駆け寄った。

「奥さまが良いと仰ればね」

「じゃあ、母上に訊いて来るから、待ってて」

大助は、木刀を腰に差して台所に走った。

「もう直《じき》、六歳か……」

与平は、元気に駆け去る大助を眼を細めて見送った。

南町奉行所には、師走の慌ただしさが漂い始めていた。

秋山家下男の太市《たいち》は、主久蔵の供をしてやって来た。そして、久蔵の身の廻りの世話をした。

「秋山さま……」

和馬が勢い込んで来た。

「おう。何があった……」

久蔵は、勢い込んで来た和馬を見て事件を予想した。

「はい。今朝方、永代橋の橋脚に簀巻《すまき》にされた土左衛門があがりました」

「簀巻の土左衛門だと……」

久蔵は眉をひそめた。

「はい……」

「土左衛門、博奕打ちか……」

「おそらく……」

簀巻は、私刑の一つで賭場での争いに拘るものが多かった。

「よし。先ずは土左衛門が何処の誰か突き止めろ」

「心得ました」

和馬は、久蔵の用部屋を足早に出て行った。

「暮れに博奕打ちの揉め事か……」

久蔵は苦笑した。

「大変ですね」

太市は眉をひそめた。

「なあに、暮れの大掃除が出来るかもしれねえさ」

久蔵は、楽しげに云い放った。


鉄砲洲《てっぽうず》波除《なみよけ》稲荷は、赤い幟旗を海風に鳴らしていた。

与平と大助は、波除稲荷近くの本湊町《ほんみなとちょう》に住む産婆のお鈴《すず》の家に行った。

お鈴は、浪人の父親を亡くしてから小石川養生所で修業して産婆になり、大助も取り上げていた。

与平は、香織《かおり》に頼まれた手紙をお鈴に届けた。そして、大助と共に波除稲荷傍にある稲荷橋を渡り、八丁堀の北岸の道から岡崎町の秋山屋敷に帰る事にした。

八丁堀に架かる中ノ橋の袂を過ぎ、本八丁堀三丁目の角を北に曲がると岡崎町だ。

大助は、腰に木刀を差して元気に歩いた。

「達者になったもんだ」

与平は、先を行く大助に眼を細めた。

足取りの確かさは、既に大助の方がより上と云えた。

派手な半纏を着た二人の男が、何事かを話しながら横手の路地から出て来た。

そして、与平にぶつかりそうになった。

「何だ、爺い……」

「邪魔だ。退け……」

派手な半纏を着た肥った男は、与平を払い退けた。

「あっ……」

与平は、よろめいてその場に倒れた。

二人の派手な半纏を着た男は、倒れた与平を残して行こうとした。

大助は、満面に怒りを浮かべて派手な半纏を着た男たちを睨み付けた。

派手な半纏を着た男たちは、大助を無視して通り過ぎようとした。

「うちのじじちゃんに何をする」

大助は怒鳴り、派手な半纏を着た肥った男の脛《すね》を木刀で打ち払った。

骨を打つ乾いた音が響いた。

派手な半纏を着た肥った男は、悲鳴をあげてその場に蹲った。

行き交う人たちが立ち止まり、驚いたように遠巻きにした。

「何をしやがる、この餓鬼……」

もう一人の派手な半纏を着た男が、大助の胸倉を鷲摑《わしづか》みにした。

「だ、大助さま……」

与平は驚き、慌てた。

刹那、大助は己の胸倉を鷲摑みにした半纏を着た男の手に嚙《か》み付いた。

半纏を着た男は、驚いて大助の胸倉から手を放した。

大助は、素早く与平に駆け寄って木刀を構えた。

「大助さま……」

与平は、慌てて大助を抱きかかえて庇った。

「放して、じじちゃん。こいつらを懲《こ》らしめてやるんだ」

大助は抗った。

「大助さま……」

与平は、必死に大助を諫《いさ》めようとした。

「くそ餓鬼……」

嚙み付かれた男は、怒りを露にして与平と大助に迫った。

南町奉行所帰りの太市が現れ、嚙み付かれた男を猛然と蹴り飛ばした。

嚙み付かれた男は、無様に倒れた。

「太市……」

与平は、安堵を浮かべた。

「与平さん、大助さま……」

太市は、与平と大助を後ろ手に庇って派手な半纏を着た二人の男に対峙《たいじ》した。

「太市ちゃん、こいつら何もしてないじじちゃんを突き飛ばしたんだ。だから、懲らしめてやるんだ」

大助は、木刀を振り翳した。

「本当ですか……」

「うん。本当だよ」

大助は頷いた。

太市は、派手な半纏を着た二人の男を怒りを込めて睨み付けた。

「や、野郎……」

嚙み付かれた派手な半纏を着た男は、匕首を抜いて構えた。

「やるか……」

太市は、懐から素早く萬力鎖《まんりきぐさり》を出し、分銅《ふんどう》を廻し始めた。

「て、手前……」

派手な半纏を着た二人の男は、萬力鎖を構えた太市が只の若者ではないと気が付いて怯んだ。

太市は、素早く踏み込んで萬力鎖を縦横に放った。

久蔵仕込みの萬力鎖は、唸りをあげて派手な半纏を着た男に襲い掛かった。

派手な半纏を着た二人の男は、萬力鎖の分銅を必死に躱して転がるように逃げ去った。

「やった……」

大助は喜んだ。

「大丈夫ですか、怪我はありませんか……」

太市は、与平を労った。

「ああ、大丈夫だ」

与平は、懸命に立ち上がろうとした。

太市は、立ち上がろうとする与平を素早く背負った。

「な、何をしやがる。太市、みっともねえ、降ろせ」

与平は狼狽えた。

「良いじゃありませんか。ねえ、大助さま」

「うん……」

大助は笑った。

太市は与平を背負い、大助と共に岡崎町の秋山屋敷に向かった。

簀巻にされた土左衛門は、大川に架かっている永代橋の船番所に引き上げられていた。

和馬は、柳橋の弥平次、幸吉、勇次たちと土左衛門を検めた。

土左衛門は、生きたまま簀巻にされて大川に放り込まれたらしく、水を飲んで膨れあがっていた。

和馬と弥平次たちは、土左衛門の持ち物を検めた。

手拭いと僅かな文銭と二個の賽子《さいころ》の入った巾着……。

土左衛門は、己の身許を報せるような物は持っていなかった。

「遅くなりました」

由松が、しゃぼん玉売りの形《なり》でやって来た。

「おう。御苦労さん」

和馬は迎えた。

「畏れいります」

「土左衛門は向こうだ。顔を拝んで来い」

弥平次は、土間に安置されている土左衛門を示した。

「はい……」

由松は、土左衛門に手を合わせて筵を捲り、その顔を覗き込んだ。

「あれ、この土左衛門、博奕打ちの丈八《じょうはち》じゃあないですか……」

由松は、土左衛門に戸惑った。

「丈八……」

和馬は、素《す》っ頓狂《とんきょう》な声をあげた。

「知っているのか、由松……」

弥平次は、由松に問い質した。

「はい。顔は浮腫《むく》んでいますが、博奕打ちの丈八って野郎です」

由松は、和馬と弥平次の様子に戸惑った。

「博奕打ちの丈八……」

「ええ。回向院《えこういん》の紋蔵《もんぞう》って博奕打ちの貸元の身内ですよ」

「よし。幸吉、行ってみよう。由松、案内してくれ」

「承知……」

由松は頷いた。

和馬は、幸吉、由松と一緒に本所回向院に急いだ。


大川には冷たい風が吹き抜けていた。

和馬は、幸吉、由松と永代橋で深川に渡り、大川東岸の道を本所に急いだ。

油堀川、仙台堀、小名木川《おなぎがわ》に架かる橋を渡り、新大橋の東詰を抜け、御船蔵の脇を進むと本所竪川《たてかわ》に出る。

竪川に架かる一つ目之橋を渡ると、本所回向院があった。


博奕打ちの貸元紋蔵の店は、回向院の裏の松坂町一丁目にあった。

和馬、幸吉、由松は、貸元紋蔵の店を窺った。

貸元紋蔵の店は、丸に〝紋〟の一字を大書した腰高障子を閉めており、博奕打ちと思われる男が出入りしていた。

「由松、回向院の紋蔵と仲の悪い博奕打ちの貸元はいるのか……」

和馬は、丈八を簀巻にして大川に放り込んだ者を、貸元の紋蔵と敵対する博奕打ちだと睨んだ。

「さあ、そこ迄は……」

由松は、首を捻った。

「じゃあ、丈八の他に紋蔵の身内に知り合いはいないのか……」

「いません」

由松は、首を横に振った。

「そうか……」

紋蔵の身内の博奕打ちから秘かに聞き出す事は出来ない。

「どうします」

幸吉は、和馬に出方を尋ねた。

「こうなりゃあ、丈八が簀巻にされ、土左衛門であがった事を伝え、紋蔵の出方を窺うしかあるまい」

和馬は決めた。

「はい」

幸吉は頷いた。

「よし、俺と幸吉が紋蔵と逢う。由松は此処にいてくれ」

「承知しました」

「行くぞ、幸吉……」

「はい」

和馬と幸吉は、博奕打ちの貸元回向院の紋蔵の店に向かった。

由松は見送り、回向院の紋蔵の店を見張った。


「邪魔をするぞ」

和馬は、幸吉を従えて腰高障子を開けて紋蔵の店に踏み込んだ。

広い土間に屯《たむろ》していた三下たちは、巻羽織に着流しの和馬を町奉行所同心と読み、緊張した面持ちで迎えた。

「貸元の紋蔵はいるか」

「へ、へい……」

三下たちは、顔を見合わせながら頷いた。

「ちょいと呼んでくれ」

「あの、旦那は……」

「良いから早く紋蔵を呼びな」

幸吉は凄んだ。

「へ、へい……」

三下は怯えた。

「旦那、あっしが紋蔵ですが……」

土間の前の居間の障子が開き、褞袍《どてら》を羽織った痩《や》せた初老の男が博奕打ちを従えて出て来た。

「お前が紋蔵か、俺は南町の神崎だ」

「神崎の旦那で……」

紋蔵は、探る眼差しを和馬に向けた。

「うむ。今日、来たのは他でもない。お前の身内の丈八って博奕打ちが簀巻にされ、土左衛門であがったぜ」

和馬は、紋蔵を見据えて告げた。

「えっ……」

紋蔵は、頬を引き攣らせた。

博奕打ちたちは驚き、三下たちは顔を見合わせて騒《ざわ》めいた。

紋蔵たちは、丈八の死を知らなかった……。

和馬と幸吉は見定めた。

「静かにしろ」

紋蔵は、博奕打ちと三下たちを一喝した。

「で、旦那、丈八は簀巻にされていたんですかい……」

「ああ。そして、生きたまま大川に放り込まれて土左衛門になった」

「そうですか……」

「紋蔵、何処の誰が丈八を簀巻にして大川に放り込んだか、心当たりはあるか……」

「心当たり……」

紋蔵は眉をひそめた。

和馬は、紋蔵を見据えた。

「ああ……」

「いえ。ございませんよ」

「本当か……」

「本当です」

「分かった。丈八の死体は永代橋の船番所だ。誰か引き取りにやるがいい。邪魔したな」

和馬は云い残し、幸吉と共に紋蔵の店から出て行った。

「わざわざありがとうございました」

紋蔵は見送った。

「貸元……」

博奕打ちが顔を強張《こわば》らせた。

「ああ。今戸の若僧の仕業だ……」

紋蔵は怒りを露にした。

「ええ。どうします」

「此のまま黙っていられるか……」

紋蔵は、筋張った首の喉仏を引き攣らせた。

紋蔵の店から三人の三下が現れ、大八車を引いて出掛けて行った。

永代橋の船番所に、丈八の死体を引き取りに行ったのだ。

和馬、幸吉、由松は、物陰から見送った。

博奕打ちの貸元回向院の紋蔵は、丈八を簀巻にして大川に放り込んだ奴を知っている。

和馬と幸吉は睨み、由松と共に紋蔵と博奕打ちたちを見張った。

冷たい風が吹き抜け、煤払い用の篠竹《しのだけ》売りが売り声をあげて通り過ぎた。

紋蔵の店から、二人の博奕打ちが出て来て東に向かった。

「よし。俺と由松が追う。幸吉は紋蔵を頼む」

「承知……」

幸吉は、和馬の指示に頷いた。

和馬と由松は、出掛けて行く二人の博奕打ちの後を追った。

二人の博奕打ちは、足早に進んで亀沢町の辻を御竹蔵裏の通りに曲がり、北に向かった。

「北本所ですかね」

「浅草かもしれん」

北本所には吾妻橋があり、渡ると浅草広小路だ。

和馬と由松は追った。

二

手焙りの炭は赤く熾きていた。

「やはり、博奕打ちだったか……」

久蔵は、冷たい笑みを浮かべた。

「ええ、由松が見知っていましてね。本所は回向院の紋蔵と云う貸元の身内で、丈八って博奕打ちでした」

「博奕打ちの丈八か……」

「はい……」

「柳橋の、簀巻にした手口から見て博奕打ち同士の揉め事かな」

久蔵は睨んだ。

「きっと……」

「となると、丈八個人の揉め事か、それとも回向院の紋蔵一家の揉め事かだな」

「ええ……」

「紋蔵一家の揉め事だとなると、博奕打ちの一家同士の争いか……」

久蔵は眉をひそめた。

「あっしは、そう思います」

弥平次は頷いた。

「これから忙しい師走だってのに、面倒な奴らだぜ」

久蔵は苦笑した。

浅草広小路は、師走に入ってから一段と賑わっていた。

二人の博奕打ちは、吾妻橋を渡って隅田川沿いの道を花川戸町に進んだ。

和馬と由松は尾行た。

二人の博奕打ちは隅田川沿いを進み、山谷堀《さんやぼり》に架かる今戸橋を渡った。

和馬と由松は追った。

「今戸か……」

「和馬の旦那、今戸には都鳥の清五郎《せいごろう》って博奕打ちの貸元がいます」

由松は告げた。

「都鳥の清五郎か……」

都鳥とは百合鷗《ゆりかもめ》とも呼ばれる鷗の一種であり、隅田川の今戸周辺が名所とされていた。

「ええ。近頃、のし上がって来た若い貸元でしてね。中々の遣り手だって噂です」

「ええ。あいつら、都鳥の清五郎の店に行くのかもしれません」

「若い遣り手か……」

由松は読んだ。

二人の博奕打ちは、今戸町を進んで家並みの路地に佇んだ。

和馬と由松は、二人の博奕打ちの視線の先を窺った。

博奕打ちたちの視線の先には、菱形《ひしがた》に〝清〟の一字の書かれた腰高障子の店があった。

「都鳥の清五郎の店です」

由松は示した。

「紋蔵の処の博奕打ち、都鳥の清五郎を見張るつもりだな」

和馬は読んだ。

「ええ……」

「って事は、紋蔵たちは丈八を簀巻にしたのを都鳥の清五郎一家だと睨んでいる訳だな」

和馬は読んだ。

「きっと……」

由松は頷いた。

「で、紋蔵がどう出るかだな」

和馬は薄笑いを浮かべた。

陽は西に大きく傾き始め、隅田川から吹く風は一段と冷たくなった。


夕暮時、八丁堀岡崎町の秋山屋敷は表門を閉めた。

「大助が……」

久蔵は眉をひそめた。

「はい。与平を突き飛ばした者の脛を木刀で打ち払い、摑み掛かった者の手に嚙み付いたそうにございます」

香織は、久蔵の脱いだ羽織や袴を畳みながら告げた。

「そうか、やるものだな……」

久蔵は苦笑した。

「旦那さま。偶々《たまたま》、太市が御奉行所から戻って来たから良いものの、大助は未だ幼い子供。危ない真似はしないよう、良く云い聞かせて下さい」

香織は心配した。

「うむ。だが、悪いのは年寄りの与平を突き飛ばした男どもだと思うが……」

「それはそうですが、万一の事があった時は手遅れにございます……」

「よし。与平と太市を呼んでくれ」

久蔵は、詳しい経緯を訊く事にした。


与平は、香織の使いで本湊町のお鈴に手紙を届けに行った帰りの出来事を詳しく話した。

「それで、大助が怒ったのか……」

「はい。そして、手前を突き飛ばした男の弁慶の泣き所を木刀で打ち据えて。本当に大助さまは賢い上に勇気があり、うちのじじちゃんに何をすると、お優しくて……」

与平は大助を誉めたり、嬉し涙の鼻水をすすったり忙しかった。

「与平……」

久蔵は、与平に懐紙を差し出した。

「はい、忝のうございます」

与平は、懐紙を受け取って涙を拭い、洟《はな》をかんだ。

「よし。与平、下がっていいぞ」

「旦那さま、大助さまは悪くはございません」

与平は、久蔵を見詰めた。

「与平……」

久蔵は、子供の頃に数人を相手に喧嘩をして怪我をさせ、父親に厳しく叱られた。その時、与平が同じような事を云って父親から庇ってくれたのを思い出した。

「はい……」

「分かっている」

久蔵は微笑んだ。

「はい。では、御免下さい」

与平は、久蔵に白髪頭を深々と下げて立ち去った。

老いた……。

久蔵は、心配げに見送った。

「旦那さま、与平さんの仰る通りです。大助さまは悪くありません」

太市は、厳しい面持ちで告げた。

「太市、そいつは良く分かっている。だが、香織が心配してな」

久蔵は苦笑した。

「奥さまが……」

「うむ。ま、一応、大助に注意をしておこう。太市、大助を呼んで来てくれ」

「心得ました」

太市は立ち去った。

「うちのじじちゃんに何をする、か……」

久蔵は、大助の成長を知った。


本所松坂町の回向院の紋蔵の店から、紋蔵と博奕打ちたちが提灯を揺らして出て来た。

出掛ける……。

幸吉は、物陰に身を隠して紋蔵と博奕打ちたちを見守った。

紋蔵と博奕打ちたちは、提灯を揺らして東に進み、亀沢町の辻を北に曲がり、御竹蔵の後ろを大川に向かった。

幸吉は追った。

都鳥の清五郎は、用心棒の総髪の浪人を従えて今戸町の店を出た。
清五郎は、鋭い眼差しで辺りを見廻し、橋場町に向かった。
用心棒の総髪の浪人が続いた。
紋蔵配下の二人の博奕打ちが物陰から現れ、清五郎と用心棒の浪人を追った。
和馬と由松は、清五郎と用心棒、そして紋蔵配下の二人の博奕打ちに続いた。
清五郎と用心棒の浪人は、今戸から橋場に向かって進んだ。
今戸の町の東には隅田川が流れ、西には様々な寺が連なっている。
清五郎と用心棒の浪人は、連なる寺の間の道に入った。
紋蔵配下の二人の博奕打ちが追い、和馬と由松は見守った。
清五郎と用心棒の浪人は、或る寺の裏門を潜った。
三下が現れ、清五郎と用心棒の浪人を提灯で照らしながら奥に誘って行った。
紋蔵配下の二人の博奕打ちは、物陰に隠れて見送った。
和馬と由松は、暗がりに潜んだ。
「都鳥の賭場ですぜ」
由松は、寺に都鳥の清五郎の賭場があると見定めた。
「ああ。紋蔵の処の奴ら、何をする気かな」

和馬は眉をひそめた。

「おそらく、丈八の仕返しをする気ですよ」

由松は読んだ。

寺の賭場には、お店の旦那、小旗本、遊び人などの客が出入りした。

「由松、回向院の紋蔵だ……」

和馬は、回向院の紋蔵と博奕打ちたちが来たのに気付いた。

「ええ……」

由松は喉を鳴らし、やって来た紋蔵たちを見詰めた。

紋蔵たちは、寺の裏門を窺った。

先に来ていた二人の博奕打ちが、紋蔵たちに駆け寄った。

和馬は見守った。

「和馬の旦那、幸吉の兄貴です」

由松は、紋蔵たちを追って来た幸吉に気が付いた。

「呼んで来い……」

「はい」

由松は、暗がり伝いに幸吉の許に走った。

紋蔵と配下の博奕打ちたちは、物陰に身を寄せて何事かを囁き合っていた。

「和馬の旦那……」

幸吉が、和馬の許にやって来た。

「おう……」

和馬、幸吉、由松は、紋蔵たちを見守った。

紋蔵たちは手拭で顔を隠し、長脇差や棍棒《こんぼう》を握り締めた。

「賭場を荒らすようだな」

和馬は笑った。

「ええ。どうします。止めますか……」

幸吉は、和馬に指示を仰いだ。

「客に死人や怪我人が出ると気の毒だが、御法度《ごはっと》の博奕を打ちに来ているんだ。危ないのは覚悟の上だろう……」

和馬は云い放った。

次の瞬間、紋蔵と配下の博奕打ちたちは、寺の裏門に雪崩《なだ》れ込んだ。

「何だ、手前ら」

「煩せえ」

「賭場荒しだ」

男たちの怒声が響き、悲鳴があがった。

和馬たちが止める間もなく、紋蔵たちの賭場荒しが始った。

「ど、どうします」

由松は慌てた。

「手遅れだ」

和馬は苦笑した。

「死人が出なきゃあいいんですがね」

幸吉は眉をひそめた。

寺の賭場からは、怒声と悲鳴の他に激しい物音が溢れた。

お店の旦那、小旗本、遊び人などの客たちが、寺の裏門から我先に逃げ出して来た。

続いて紋蔵と配下の博奕打ちたちが、金箱を抱えて寺の裏門から飛び出して来て、今戸の町に駆け去った。

都鳥一家の博奕打ちたちが、寺の裏門から追って出て来た。

「待て……」

都鳥の清五郎が、用心棒の総髪の浪人を従えて出て来た。

「貸元、賭場荒しは回向院の爺いたちです。追ってぶち殺してやりましょうぜ」

博奕打ちたちは熱り立った。

「ああ、ぶち殺してやる。ゆっくりと甚振《いたぶ》って皆殺しにしてやるぜ」

清五郎は、酷薄な笑みを浮かべた。

和馬、幸吉、由松は見届けた。


翌朝早く、和馬は秋山屋敷に出仕前の久蔵を訪れた。

「ほう、回向院の紋蔵、今戸の都鳥の清五郎の賭場を荒らしたか……」

久蔵は、面白そうに笑った。

「はい。紋蔵、丈八を簀巻にしたのは清五郎だと睨み、仕返ししたんです」

和馬は苦笑した。

「うむ。で、紋蔵の賭場荒し、首尾良くいったのか」

「はい。これで、都鳥の清五郎の評判が落ちれば上首尾です」

「そうか。じゃあ、次は賭場を荒らされた都鳥の清五郎がどう出るかだな」

「はい。清五郎、紋蔵たちを皆殺しにすると云っています」

「皆殺しか……」

「はい。それで幸吉と由松が都鳥の清五郎を見張っています」

「紋蔵の方は……」

「雲海坊と勇次が……」

和馬は告げた。

「よし……」

「して、如何します。都鳥の清五郎たちを丈八殺しでお縄にしますか」

和馬は、久蔵の指示を仰いだ。

「いや、やるだけやらせる……」

久蔵は、冷たい笑みを浮かべた。

「えっ……」

和馬は戸惑った。

「御法度の博奕を生業《なりわい》にする博奕打ちだ。せいぜい咬《か》み合わせてから叩き潰してやる。暮れの煤払いだ」

久蔵は、楽しげに云い放った。

本所の回向院の紋蔵の店には、雲海坊と勇次が張り付いた。

紋蔵の店には、浪人や遊び人風体の男たちが出入りしていた。

「紋蔵の野郎、都鳥の清五郎の仕返しに備えて人数を集めていやがる」

雲海坊は嘲笑った。

「ええ。都鳥の清五郎、どんな仕返しをする気ですかねえ」

勇次は、厳しい眼差しで紋蔵の店を見据えていた。


今戸の都鳥の清五郎の店は、腰高障子を閉めて人の出入りも少なかった。

幸吉と由松は、物陰から見張った。

「賭場荒しに遭った割りには静かですね」

「うん。だけど、仕返しを企んでいるのは間違いない」

「都鳥の清五郎、どんな人柄なんですかね」

由松は首を捻った。

「若くして貸元になったんだ。それなりの切れ者なんだろうな」

幸吉は眉をひそめた。

「じゃあ、見た目は静かでも、裏では仕返しの仕度に忙しいって処ですか……」

由松は読んだ。

「きっとな……」

幸吉は頷いた。


辰《たつ》の刻五つ半（午前九時）過ぎ、秋山久蔵は太市を供にして南町奉行所に向かった。

久蔵と太市は、岡崎町から八丁堀沿いの道に出た。

「あっ……」

太市は、小さな声をあげた。

「どうした……」

久蔵は、太市を振り返った。

「旦那さま。あの派手な半纏を着た二人、昨日の奴らです」

太市は、先を行く派手な半纏を着た二人の男を示した。

「彼奴《きやつ》らか……」

久蔵は、先を行く派手な半纏を着た二人の男を見据えた。

派手な半纏を着た男たちの肥った方は、僅かに足を引き摺っていた。大助に木刀で打たれた痛みが、未だ残っているのかもしれない。

「間違いないな」

「はい……」

太市は頷いた。

派手な半纏を着た二人の男は、楓川《もみじがわ》に架かっている弾正橋《だんじようばし》に向かって行く。

「よし。後を追って二人が何処の誰か、突き止めろ」

久蔵は命じた。

「心得ました」

太市は頷いた。

「太市、これを使え……」

久蔵は、一分金と一朱金を太市に渡した。

「はい」

太市は、渡された一分金と一朱金を握り締めた。

「それから、決して無理はするな」

「はい」

久蔵は言い聞かせた。

「はい。では……」

太市は会釈をし、派手な半纏を着た二人の男を足早に追った。

派手な半纏を着た二人の男は、弾正橋を渡って楓川沿いを北に進んでいた。

太市は、隙のない巧みな尾行を始めた。

良い若者になった……。

久蔵は、太市の成長に微笑んだ。

三

回向院の紋蔵の店には、かなりの人数の浪人と遊び人が集まった。

「随分、人数を集めましたね」

勇次は感心した。

「紋蔵も気の小さい野郎だ。人数を集めれば集めるだけ、手前が怯えているってのを触れ廻るようなもんだぜ」

雲海坊は嘲笑した。

「まったくですね……」

勇次は、雲海坊の読みに頷いて笑った。

紋蔵は人数を集め、都鳥の清五郎の仕返しに備えて護りを固めている。だが、都鳥の清五郎がどんな仕返しをしてくるか分からない限り、幾ら護りを固めても役には立たない。

雲海坊と勇次は、紋蔵の店を見張り続けた。

都鳥の清五郎の店は、相変わらず静かだった。

幸吉と由松は見張り続けた。

「由松……」

幸吉は、清五郎の店を示した。

用心棒の総髪の浪人が、清五郎の店から出て来た。

幸吉と由松は、用心棒の総髪の浪人を見守った。

用心棒の総髪の浪人は、鋭い眼差しで辺りを見廻して浅草広小路に向かった。

「どうします」

「追ってみてくれ」

「承知……」

「由松、相手は腕に覚えのある用心棒だ。呉々《くれぐれ》も気を付けるんだぜ」

「任せて下さい。じゃあ……」

由松は、用心棒の総髪の浪人を追った。


両国橋を行き交う人々は、寒さに身を縮めて足早だった。

派手な半纏を着た二人の男は、両国橋を渡って本所元町の蕎麦屋に入った。

太市は見届けた。

八丁堀から本所に、わざわざ蕎麦を食べに来た訳ではない……。

太市は、派手な半纏を着た二人の男が何しに本所に来たか突き止めようとした。

よし……。

太市は、蕎麦屋の暖簾を潜った。


「いらっしゃい……」

中年の亭主が太市を迎えた。

「あられ蕎麦を頼みます」

太市は、亭主に注文して店内を窺った。

派手な半纏を着た二人の男は、奥の座敷で浪人や遊び人風の男たちと酒を飲んでいた。

太市は、座敷近くに背を向けて座り、それとなく様子を窺った。

「それで平吉《へいきち》、お前の脛を木刀で打ち払った餓鬼は何処の餓鬼なんだ」

「さあな。ま、とにかく気の強い餓鬼で、摑まえた丑松《うしまつ》の手に嚙み付きやがった」

平吉は苦笑した。

派手な半纏を着た二人の男の名前は、平吉と丑松……。

太市は知った。

「おまちどお……」

亭主が、湯気の漂うあられ蕎麦を太市に持って来た。

「こいつは美味そうだ……」

太市は、あられ蕎麦をすすり始めた。

「邪魔するぞ」

総髪の浪人が入って来た。

「いらっしゃい」

亭主が迎えた。

「おう。黒崎《くろさき》さん、こっちだ……」

平吉や丑松と一緒にいた中年の浪人が、入って来た総髪の浪人を呼んだ。

「酒を頼む……」

黒崎と呼ばれた総髪の浪人は、亭主に酒を注文した。そして、数人の浪人と平吉や丑松たちのいる奥の座敷にあがった。

「松木《まつき》、人数は揃うのか……」

黒崎は、座敷にいる者たちを見廻して中年の浪人に尋ねた。

「うむ。後、浪人が二人に渡世人が一人、来る手筈だ」

「そうか……」

黒崎は頷いた。

「おまちどお……」

亭主が、数本の徳利を座敷に運んだ。

「おう……」

黒崎、松木、平吉、丑松たちは、酒を飲み続けた。

平吉と丑松は、浪人の黒崎や松木たちとこれから何かをするのだ。

それは何だ……。

太市は、あられ蕎麦を食べながら聞き耳を立てた。

「して黒崎さん、相手は博奕打ちか……」

松木は尋ねた。

「ああ。博奕打ちの貸元だ」

黒崎は酒を飲んだ。

「でしたら回向院の……」

平吉が声を潜めた。

「だったらどうする、平吉……」

黒崎の声に厳しさが滲んだ。

「黒崎の旦那、これからは都鳥ですぜ」

平吉は、媚《こ》びるように笑った。

何かを企んでいる……。

太市はそう睨み、あられ蕎麦を食べ終えた。

蕎麦を食べ終わっても、居続ければ妙に思われるだけだ。

太市は、平吉と丑松が此から何をするのか、蕎麦屋の表で見張る事にした。

「御馳走さん……」

太市は、亭主に蕎麦代を払って蕎麦屋を出た。

蕎麦屋を出た太市は、辺りを見廻して見張る場所を探した。

「太市……」

由松が、太市の背後を通り過ぎながら声を掛けた。

由松さん……。

太市は、由松が現れたのに戸惑いながらも追った。

由松は、蕎麦屋の斜向かいの路地に入った。

太市は続いた。

「由松さん……」

「何をしているんだい」

由松は、太市に怪訝な眼を向けた。

「旦那さまのお指図で平吉と丑松って奴らを追っているんです」

「秋山さまのお指図で……」

由松は眉をひそめた。

「はい」

「平吉と丑松って奴ら、何をしたんだ」

「実は……」

太市は、与平、大助と平吉、丑松との揉め事の顚末《てんまつ》を話した。

「へえ、大助さま、流石に秋山さまの血を引いているな」

由松は感心した。

「ええ……」

太市は笑った。

「で、その平吉と丑松、蕎麦屋にいるのか」

「はい。人相の悪い浪人たちと一緒です」

「じゃあ、後から入って行った総髪の浪人も一緒か……」

「ええ。黒崎ですか……」

「黒崎って名前なのか、総髪の浪人……」

由松は、漸く総髪の浪人の名を知った。

「はい。松木って浪人や平吉たちと、相手は博奕打ちの貸元だとか、回向院だの都鳥だのと、話していましたよ」

太市は告げた。

「そうか……」

黒崎は、浪人や博奕打ちたちを集めて回向院の紋蔵を襲う気なのだ。

由松は睨んだ。

「由松さん、平吉と丑松は何をする気なんですかね」

「おそらく黒崎に雇われ、松木たちと一緒に紋蔵って博奕打ちの貸元の店に殴り込むつもりだぜ」

「殴り込む……」

太市は驚いた。

「うん。よし、太市、平吉と丑松は俺が引き受けた。お前は此の事を秋山さまにお報せしてくれないか……」

「は、はい……」

太市は戸惑った。

「いいな。事の次第を詳しくお報せするんだぞ……」

秋山さまは、太市の報せを聞いて直ぐに事態を読んでくれる筈だ。

由松は睨んだ。

「分かりました。じゃあ……」

太市は、猛然と両国橋に向かって走った。

由松は、蕎麦屋を見張り続けた。

都鳥の清五郎の店に変わりはなかった。

幸吉は見張り続けた。

「どうだ……」

和馬は、巻羽織を脱ぎ、袴を着けた姿でやって来た。

「静かなもんですよ」

「へえ、賭場荒しの仕返しをする気配はないのか……」

「いえ。さっき、用心棒の総髪の浪人が出て行きましてね。由松が追いましたが、そっちで動くかもしれません」

幸吉は読んだ。

「そうか……」

「それにしても和馬の旦那。都鳥の清五郎の奴、回向院の紋蔵を叩き潰して、縄張りを奪う魂胆なんですかね」

「おそらく、そのつもりで丈八を簀巻にして仕掛けたんだろうが、そいつが命取りだ」

「命取りですか……」

「ああ。秋山さまが咬み合わせた上で暮れの煤払いをするそうだ」

和馬は笑った。

「煤払いとは面白いですね」

「ああ。じゃあ幸吉、俺は紋蔵の店に行ってみるぜ」


刻が過ぎた。

本所元町の蕎麦屋の腰高障子が開いた。

由松は、路地の奥に隠れた。

総髪の用心棒の黒崎が、五人の浪人と四人の遊び人風の男たちを連れて蕎麦屋から出て来た。そして、隣り町の回向院に向かった。

由松は尾行た。

黒崎たちの中の派手な半纏を着た肥った男が、僅かに足を引き摺っていた。

大助さまに木刀で脛を打ち払われた平吉……。

由松は見定めた。

黒崎たちは、回向院の境内に入った。

回向院の紋蔵の家は、多くの者が息を潜めて賭場荒しの仕返しを待っている。

雲海坊と勇次は、そう睨んでいた。

「変わりはないか……」

和馬がやって来た。

「ええ。店の中は助っ人で一杯ですよ」

雲海坊は告げた。

「護りは固いか……」

和馬は睨んだ。

「ですが、所詮は金で雇われた奴らです。危なくなれば、あっと云う間に蜘蛛《くも》の子を散らしますよ」

雲海坊は嘲笑った。

「ま、そんな処だな」

和馬は頷いた。

「へえ、そんなもんなんですか……」

勇次は呆れた。

「ああ、僅かな金で雇われて命を懸ける助っ人なんぞ、滅多にいやしないさ」

「勇次、そいつはおそらく紋蔵も承知の上だ」

和馬は嗤《わら》った。

「じゃあ、役立たずの助っ人、どうして雇うんですか……」

「ま、自分の方が勢いがあるって見せる見栄と意地だな」

「馬鹿な話ですね」

「ああ……」

和馬は頷いた。

「和馬の旦那……」

雲海坊が、回向院の裏手を示した。

着流し姿の久蔵が、太市を従えてやって来た。

日暮れが近付いた。

回向院の境内の参拝客は減った。

「いいか。裏から殴り込み、邪魔する者は叩き斬って表に駆け抜け、そのまま散れ。後金の二両は、明日、元町の蕎麦屋で渡す。いいな……」

黒崎は、松木たち浪人と平吉や丑松たちに告げた。

「黒崎さん、紋蔵の爺いは斬り棄てなくてもいいのか……」

松木は尋ねた。

「ああ。店に殴り込まれて荒らされたとなれば、紋蔵の爺いは恥を晒し、評判を落として野垂《のた》れ死にだ」

黒崎は、狡猾な笑みを浮かべた。

「成る程、良く分かった」

松木は頷いた。

黒崎たちは殴り込む……。

紋蔵の店は、雲海坊の兄貴と勇次が見張っている筈だ。

由松は、回向院の紋蔵の家に走った。

「裏から殴り込んで表に駆け抜けるか……」

久蔵は苦笑した。

「はい……」

由松は頷いた。

「それで、紋蔵は大恥を掻き、評判を落として潰れますか……」

和馬は読んだ。

「うむ……」

久蔵は頷いた。

「企んだ奴、中々に知恵者ですね」

雲海坊は感心した。

「ああ。そいつが都鳥の清五郎か黒崎か。どっちにしろ、そうはさせねえ」

久蔵は笑った。

「秋山さま……」

太市を入れて六人でどうするのか……。

和馬は戸惑った。

「和馬、津《つ》藩の江戸下屋敷に蛭子《えびす》市兵衛《いちべえ》と弥平次が捕り方を引き連れて待っている。手筈通りに頼むと伝えてくれ」

「そうでしたか、心得ました」

和馬は、笑みを浮かべて駆け去った。

「処で由松、平吉と丑松も黒崎たちと一緒なのだな」

「はい……」

「よし。太市、平吉と丑松を必ずお縄にしろ」

「はい」

太市は、萬力鎖を握り締め、緊張した面持ちで頷いた。

夕陽は沈み、辺りは薄暗くなった。

「秋山さま、黒崎たちが裏手に来ました」

勇次が、紋蔵の店の裏手から駆け寄って来た。

「よし、黒崎たちは紋蔵の店を荒らして駆け抜け、夜の闇に紛れて逃げ去ろうって魂胆だ。容赦は要らねえ、出て来た処を叩きのめしてお縄にしろ」

久蔵は、雲海坊、由松、勇次、太市たちに命じた。

刹那、回向院の紋蔵の店から男の怒声があがった。

四

「殴り込みだ」

男たちの怒声と闘う物音が、回向院の紋蔵の家から響いた。

和馬が捕り方を率いて駆け戻り、紋蔵の家の表を固めた。

捕り方たちは、幾つもの高張提灯を掲げた。

「市兵衛さんと弥平次の親分は、手筈通り裏手に廻りました」

和馬は告げた。

「よし……」

久蔵は、捕り方から四尺の寄棒《よりぼう》を借り、一振りした。

寄棒は唸りをあげた。

次の瞬間、紋蔵の店の腰高障子が乱暴に開けられ、浪人や博奕打ちたち助っ人が先を争って逃げ出して来た。

久蔵は、寄棒を手にして立ちはだかった。

和馬、雲海坊、由松、勇次、太市は、それぞれの得物《えもの》を手にして続いた。

逃げ出して来た浪人や博奕打ちたち助っ人は、久蔵たちと高張提灯に驚いて怯んだ。

「退け」

浪人は叫び、久蔵に斬り掛かった。

「馬鹿野郎」

久蔵は、無造作に寄棒を振り下ろした。

浪人は、血反吐《ちへど》を吐いて倒れた。

捕り方たちは、素早く倒れた浪人を引き摺り下げて縄を打った。

浪人と博奕打ちの助っ人たちは、裏口から来る松木たち浪人に押されて久蔵たちに突っ込むしかなかった。

浪人と博奕打ちたち助っ人は、久蔵たちに突っ込んだ。

久蔵は、寄棒で次々と浪人たちを打ち据えた。

和馬は十手、雲海坊は錫杖、由松は角手《かくて》と鼻捻《はなねじ》、勇次は梶飛《こんぴ》、太市は萬力鎖を使って逃げ出して来る助っ人の浪人や博奕打ちたちを容赦なく殴り、蹴り飛ばし、叩きのめした。

捕り方たちは、叩きのめされた助っ人たちを後方に引き摺り下げ、次々に縄を打った。

「待て、この野郎……」

殴り込みを掛けた松木たち浪人と平吉や丑松たちが、白刃や匕首を振り廻して紋蔵の家を駆け抜けて来た。

久蔵は、先頭の松木を真っ向から打ち据えた。

松木は、大きく仰け反り倒れた。

浪人と平吉、丑松たちは狼狽えた。

和馬、雲海坊、由松、勇次、太市が襲い掛かった。

殴り込みを掛けた浪人たちは打ち据えられ、平吉と丑松たちは逃げ惑った。

太市は、平吉と丑松を追った。

「て、手前……」

平吉と丑松は、太市に気が付いて驚いた。

「手前らが平吉と丑松か……」

久蔵は気付き、平吉と丑松に迫った。

平吉と丑松は怯んだ。

「南町の秋山久蔵だ。うちの倅と年寄りが世話になったそうだな」

久蔵は笑い掛けた。

「あ、あの時の……」

平吉と丑松は、仰天して身を翻した。

太市が、素早く萬力鎖を唸らせた。

平吉と丑松は、頭を殴られて弾き飛ばされた。

捕り方たちが殺到した。

黒崎が、紋蔵の店から出て来た。そして、直ぐに情況を見て取った。

「手前が黒崎だな……」

久蔵が進み出た。

「手前は……」

黒崎は、久蔵を見据えた。

「南町奉行所の秋山ってもんだぜ」

「剃刀久蔵か……」

黒崎は、覚悟を決めたような笑みを浮かべ、久蔵に斬り付けた。

刹那、久蔵は鋭く踏み込み、寄棒を鋭く横薙ぎに放った。

寄棒は、黒崎の腹に食い込んで抜けた。

黒崎は眼を剥《む》き、腹を抱えて前のめりに倒れ込んだ。

捕り方たちが、倒れ込んだ黒崎に殺到した。

南町奉行所臨時廻り同心の蛭子市兵衛が、紋蔵の店から出て来た。

弥平次が、縛りあげた回向院の紋蔵を引き立てて続いた。

「俺が何をした。殴り込んで来たのは、都鳥の奴らだ」

紋蔵は、筋張った首を伸ばして喚《わめ》いた。

「紋蔵、そいつは手前が清五郎の賭場を荒らしたからだ」

「それは奴らが丈八を簀巻に……」

「紋蔵、いい加減に年甲斐のねえ真似は止めるんだな。博奕打ちの理屈が、世間に通ると思っているのか……」

久蔵は厳しく云い放った。

紋蔵は項垂れた。

「これ迄だ、紋蔵……」

弥平次は、紋蔵を引き立てた。

「紋蔵の店の煤払い、どうやら終りましたな」

市兵衛は笑った。

「ああ、次は都鳥の清五郎の店だ。暮れは何かと忙しいぜ」

久蔵は苦笑した。

都鳥の清五郎の店には明かりが灯され、三下が落ち着かない様子で出入りしていた。
黒崎の帰りを待っている……。
幸吉は苦笑した。
由松は、和馬と相談して本所元町の木戸番を幸吉の許に走らせた。
幸吉は、黒崎が人数を集めて紋蔵の店に殴り込むのを知った。
都鳥の清五郎たちは、黒崎の殴り込みの首尾を待っているのだ。
幸吉は読んだ。
数人の男たちが夜道をやって来た。
黒崎たちか……。
幸吉は、暗がりに潜んで見守った。
男たちの一人が、真っ直ぐ幸吉に向かって進んだ。
由松だ……。
幸吉は見定め、暗がりを出た。
「幸吉の兄貴、秋山さまと和馬の旦那です」
「うん……」
幸吉は、やって来た男たちが久蔵、和馬、雲海坊、勇次だと知った。

「御苦労だな、幸吉。黒崎の紋蔵の店の殴り込みは片付けた。都鳥の清五郎はいるな」

久蔵は、捕らえた紋蔵や黒崎たちを市兵衛と弥平次に預け、和馬、雲海坊、由松、勇次を従えて今戸に駆け付けて来た。

「はい。他に博奕打ちが五人に三下が三人の八人がいます」

「清五郎を入れて九人か……」

「はい……」

こちらは久蔵を入れて六人、分は悪い。

幸吉は眉をひそめた。

「よし。俺が表から乗り込んで博奕打ちたちを引き付ける。和馬はみんなと裏から踏み込み、丈八を簀巻にした張本人の清五郎を捕らえろ」

「はい。ですが、秋山さまお一人で……」

和馬は眉をひそめた。

「心配いらねえ。手向かう奴らは、容赦なく叩き斬る」

久蔵は、冷たく云い放った。

「心得ました。じゃあ、我々は裏から踏み込みます」

「うむ……」

久蔵は、裏に廻って行く和馬、幸吉、雲海坊、由松、勇次を見送った。

和馬、幸吉、雲海坊、由松、勇次は、音も立てずに都鳥の清五郎の店の裏に廻って行った。

僅かな刻が過ぎた。

よし……。

久蔵は、和馬たちが裏に廻ったのを見計らって都鳥の清五郎の店に進んだ。


腰高障子が開けられた。

土間にいた三下たちは、弾かれたように立ち上がった。

「邪魔するぞ……」

久蔵は土間に入った。

「どちらさまですかい……」

三下たちは、久蔵に探る眼差しを向けた。

「貸元の清五郎を呼びな」

久蔵は告げた。

「何だと……」

博奕打ちたちが出て来た。

「手前らだな、清五郎と一緒に丈八を簀巻にしたのは……」

久蔵は、博奕打ちたちを見据えた。

「煩せえ」

博奕打ちの一人が、長脇差を抜いて久蔵に襲い掛かった。

久蔵は、抜き打ちの一刀を放った。

襲い掛かった博奕打ちは、長脇差を翳したまま横倒しになった。

斬られた脇腹から血が溢れた。

「て、手前……」

博奕打ちたちは熱り立ち、久蔵に長脇差で斬り掛かり、匕首で突き掛かった。

怒号が溢れた。

久蔵は、冷笑を浮かべて刀を閃かせた。

閃光が走り、血が飛んだ。

二人の博奕打ちが、壁や床に激しく叩き付けられた。

久蔵に容赦はなく、博奕打ちたちは心形刀流の敵ではなかった。

和馬、幸吉、雲海坊、由松、勇次は裏から踏み込んだ。

店から男たちの怒声と悲鳴があがり、家は家鳴《やな》りがして揺れた。

久蔵が、店で博奕打ちや三下たちと闘っているのだ。

和馬たちは座敷に急いだ。


都鳥の清五郎と博奕打ちが、座敷から足早に出て来た。

「都鳥の清五郎だな」

和馬は立ちはだかった。

清五郎は怯んだ。

博奕打ちは、慌てて長脇差を抜いた。

雲海坊は、素早く錫杖の石突《いしづき》で博奕打ちの胸元を突いた。

博奕打ちは、壁に叩き付けられて倒れた。

清五郎は、長脇差を抜いて構えた。

「清五郎、丈八殺しの罪で神妙にお縄を受けるのが身の為だ」

和馬は告げた。

「何……」

「さもなければ命を落とす」

和馬は憐れんだ。

「煩い。町奉行所は生かして捕らえるのが役目の筈だ」

清五郎は、精一杯の嘲りを浮かべた。

「そいつは時と場合。相手によりけり……」

久蔵が、白刃を提げてやって来た。

白刃の鋒から血が滴り落ちた。

「運が良かった時だけだ」

久蔵は、笑みを浮かべて清五郎を見据えた。

冷たい笑みだった。

清五郎は怯み、構えた長脇差の鋒が震えた。

「清五郎、丈八殺しでお縄にするぜ」

久蔵は、刀の先で清五郎の震える長脇差を無造作に弾いた。

清五郎の手から長脇差が落ちた。

長脇差は床に落ち、軽い音を鳴らして転がった。

清五郎は、呆然と立ち竦んだ。

幸吉、由松、勇次が立ち竦んでいる清五郎に殺到した。

清五郎は、抗う事もなく縄を打たれて引き立てられて行った。

「雲海坊、博奕打ち共は急所を外して斬った。医者を呼んでやれ」

久蔵は命じた。

「承知……」

雲海坊は、微笑みを浮かべて医者を呼びに出て行った。

「今年の煤払いは、これを最後にしたいもんですね」

和馬は笑った。

「ああ、そう願いたいな……」

久蔵は、刀に拭いを掛けて鞘《さや》に納めた。

煤払いは終わった……。


燭台の火は揺れた。

久蔵は、香織の介添えで着替えを終え、茶を飲んだ。

香織は、次の間で久蔵の脱ぎ棄てた着物を畳んでいた。

「それで、お縄になった平吉と丑松と申す者たちはどうなるのですか……」

香織は、平吉と丑松を捕らえた事を先に帰って来た太市から聞いていた。

「そいつは、これからの詮議だが、叩けばどんな埃《ほこり》が舞い上がるか……」

久蔵は、平吉と丑松を詳しく調べるつもりだった。

「そうですか……」

香織は、着物を畳み終わり、久蔵の傍に座った。

「処で香織、与平がお鈴の処に行った用ってのは何だい……」

「手紙を届けに行って貰ったのです」

「手紙……」

久蔵は眉をひそめた。

「はい」

香織は頷いた。

「どんな手紙だ」

「それは申せませぬが、お鈴さんから返事を戴きました」

香織は苦笑した。

「返事……」

久蔵は戸惑った。

「はい。そうした身体の不調は、おそらく子が出来たのだろうと……」

「そうか、子が出来たか……」

久蔵は茶を飲んだ。

「はい。お鈴さんのお見立てです」

香織は頷いた。

「えっ。って事は、香織、身籠《みごも》ったのか……」

久蔵は、我に返ったように問い質した。

「きっと……」

香織は微笑んだ。

「出来《でか》した香織。そうか、子が出来たか……」

久蔵は、嬉しげに香織を見詰めた。

「はい。どうやら大助にも兄弟が出来たようにございます」

「うむ。目出度い。目出度いぞ、香織……」

久蔵は、香織の手を取って喜んだ。

燭台の火は明るく揺れた。

秋山家は、どうやら新年が来る前に目出度さを迎えるようだった。

この作品は「文春文庫」のために書き下ろされたものです。

文春文庫

秋山《あきやま》久蔵《きゅうぞう》御用《ごよう》控《ひかえ》
煤《すす》払《はら》い

定価はカバーに
表示してあります

2016年12月10日　第1刷

著　者　藤《ふじ》井《い》邦《くに》夫《お》
発行者　飯窪成幸
発行所　株式会社　文藝春秋

東京都千代田区紀尾井町 3-23　〒102-8008
TEL　03・3265・1211
文藝春秋ホームページ　http://www.bunshun.co.jp
落丁、乱丁本は、お手数ですが小社製作部宛お送り下さい。送料小社負担でお取替致します。

印刷製本・大日本印刷

Printed in Japan
ISBN978-4-16-790750-1